2006년도
제20회 소월시문학상 작품집

2006년도
제20회 소월시문학상 작품집

종합출판 **문학사상**

제20회 소월시문학상 대상 수상작 선정 이유서

문학사상사 주관 2006년도 소월시문학상 대상 수상작
박주택의 〈시간의 동공〉 외 13편 선정

문학사상사 제정 소월시문학상 제20회 대상 수상작으로 박주택 시인의 〈시간의 동공〉 외 13편을 선정한다.

박주택 시인은 고통에 대한 감각과 허무주의를 주조로 한 환멸의 언어들이 체화된 시어를 통해, 독특하면서도 강력한 시적 에너지를 폭발하듯 발산해 낸다는 평을 받았다. 그의 시적 시선은 대다수의 시인들과 달리, 인생에 대한 관조와 달관을 거부하고, 삶의 상처와 결핍과 대면하고 있는 어두운 자의식, 또는 암울한 운명 의식을 심도 있게 응시하고 있다는 점에서 높은 평가를 받았다.

소월시문학상 수상작품들은 그동안 전통적·서정적 측면이 강했는데, 이번 박주택 시인의 수상을 계기로 현대적 감각을 통해 소월시의 전통이 새롭게 계승되리라고 본다. 삶에 대한 철학적 사유와 명상 속의 진실을 강렬한 이미지와 생동감 넘치는 언어로 담아낸 박주택 시인의 〈시간의 동공〉 외 13편을 제20회 소월시문학상 대상으로 선정한다.

2005년 4월
소월시문학상 심사위원회
김남조 · 송수권 · 오세영 · 권영민 · 최동호 · 조정권 · 김성곤

제20회 소월시문학상 특별상 수상작 선정 이유서

문학사상사 주관 2006년도 소월시문학상 특별상 수상작
유안진의 〈불을 마신다〉 외 9편 선정

문학사상사 제정 소월시문학상 제20회 특별상 수상작으로 유안진 시인의 〈불을 마신다〉 외 9편을 선정한다.

유안진 시인은, 문학 전공이 아님에도 다른 시인들보다 더욱 시 연마에 심혈을 기울여 오늘날 한국문단의 중요한 시인으로서의 위치를 구축했고, 나이에 관계없이 부단한 변화를 통해 새로운 시세계를 구축한 주목할 만한 시인이다. 소월시문학상 특별상의 수상작으로 유안진 시인의 작품을 선정한 것은, 최근작에서 보여준 새로운 시적 세계에 대한 천착을 높이 평가하였기 때문이다. 수십 년을 두고 지켜온 자기 세계에 안주하지 않고 사물의 인식에 보다 본질적으로 접근하기 위해 시 창작에 매진하고 있는 시인의 노력이 높은 평가를 받았다.

이에 심사위원들은 유안진 시인의 〈불을 마신다〉 외 9편을 제20회 소월시문학상 특별상으로 선정한다.

2005년 4월

소월시문학상 심사위원회

김남조 · 송수권 · 오세영 · 권영민 · 최동호 · 조정권 · 김성곤

차례

대상 수상작

박주택

박주택

시간의 동공 외

1959년 충남 서산 출생
경희대 국문과 및 동대학원 졸업
1986년 《경향신문》 신춘문예로 등단
시집 《꿈의 이동건축》 《방랑은 얼마나 아픈 휴식인가》
《사막의 별 아래에서》 《카프카와 만나는 잠의 노래》
현대시작품상·경희문학상·편운문학 신인평론상 수상
현재 경희대 국문과 교수

시간의 동공

이제 남은 것들은 자신으로 돌아가고
돌아가지 못하는 것들만 바다를 그리워한다
백사장을 뛰어가는 흰말 한 마리
아주 먼 곳으로부터 걸어온 별들이 그 위를 비추면
창백한 호흡을 멈춘 새들만이 나뭇가지에서 날개를 쉰다
꽃들이 어둠을 물리칠 때 스스럼없는
파도만이 욱신거림을 넘어간다
만리포 혹은 더 많은 높이에서 자신의 곡조를 힘없이
받아들이는 발자국, 가는 핏줄 속으로 잦아드는
금잔화, 생이 길쭉길쭉하게 자라 있어
언제든 배반할 수 있는 시간의 동공들
때때로 우리들은 자신 안에 너무 많은 자신을 가두고
북적거리고 있는 자신 때문에 잠이 휘다니,
기억의 풍금 소리도 얇은 무늬의 떫은 목청도
저문 잔등에 서리는 소금기에 낮이 뜨겁다니,
갈기털을 휘날리며 백사장을 뛰어가는 흰말 한 마리
꽃들이 허리에서 긴 혁대를 끌러 바람의 등을 후려칠 때
그 숨결에 일어서는 자정의 달
곧이어 어디선가 제집을 찾아가는 개 한 마리
먼 곳으로부터 걸어온 별을 토하며
어슬렁어슬렁 떫은 잠 속을 걸어 들어간다

독신자들

어느덧 세월이었다, 눈과 귀를 이끌고 목마름에 서면
자주 가슴속을 드나들었던 침묵은 미처 못다 한 말이 있는 듯
가을을 넘어가고 열매만이 영웅의 일생을 흉내 낸다
저기 바람 불지 않아도 펼쳐지는 시간의 전집은
나의 것이 아니다 마른 잎이 끌리는 심장의 한가운데에서
울려 퍼지는 외침들은 나의 자식이 아니다
나는 다만 말의 잎사귀들이 서로의 몸에 입김을 눕힐 때
지팡이를 짚은 채 넘어가는 해를 바라보았을 뿐
어떤 뉘우침도 빛이 되지 못했다 고독한 문들이 기쁨을
기다리며 소유를 주저하지 않고 나를 다녀간 계절에게
홀로 있음을 눈치 채게 하여 업신여김을 받는 동안
시간의 젖은 늘어지고 시간으로부터 걸어 나온 환멸만이
거리를 메운다 어느덧 평화에 수감된 목쉰 주름에 섞여
눈보라 치는 밤 결빙의 발자국을 따라가다 언 몸을 녹이는
찻집 허름한 책을 비집고 나온 한 올 연기는
전생을 감아올리다 흰 문장으로 가라앉는다

배들의 정원

가자고 한다, 밤바다에
낮게 떠 있는 저 별, 마음 밖의
뻘밭에 빛을 비추다 쉭쉭거리는 폭죽에
마른 뺨을 부빈다, 방금 건너편에서
질러온 사람의 목소리 하나
사람의 목에 걸려 파도처럼 부서질 때
폭죽은 자신의 생애가 밤에 있음을 알린 뒤
어둠에 투항한다, 그러면 별은
비로소 자신의 빛이 회복됨에
더 높이 떠오르려 하고 배들은
파란波蘭에 슬쩍슬쩍 뒤척인다
물결이 바다를 이루고
모래가 하늘과 구분되는 동안
사람은 사람 안으로 기어드는
틈을 열어 침묵이 용서가 되는
순간을 알린다, 그리고 가자고
별들이 무늬를 만들 때
가자고, 침묵은 철썩대는 저
파도에 이정표를 세운다

주름의 수기
-고향의 푸른 집

여기 옛 그림자 어른거리는 마을에서
저녁을 먹고 저수지가 보이는 찻집에 앉아
마음에 고여 오는 것들에 몸을 맡긴다 억새꽃이 흔들리고
유년의 기억처럼 비뚜름히 서 있는 소나무
물의 시린 한기를 타고 오는 적거謫居 혹은
더부룩하게 불러오는 풍경이여!

나는 적거謫居에 숨어들어 바람을 불러들이고
희망을 빙자해 기쁨을 다른 곳으로 데려갔다
이토록 생을 그르친 까닭은 흙을 딛고 올라서는 것들에게서
꿈을 볼 수 없었고 가지 않은 길에 날개가 있었다고
믿었기 때문이다 그러나 부리나케 달려온 마음의 자취에는
앞질러 온 길만이 노곤한 육체를 다독거릴 뿐
슬픔과 기쁨의 차이가 이토록 멀 줄을 몰랐다

오직 깨달음을 가르쳐준 낮은 물들은
이제 그 눈빛을 거둬 별에 저장을 시작하고
어두워진 마을에서는 지붕들이 하나 둘 불을 밝히며
달 아래 드는데

명태

돌을 물에 던지자 풍덩, 하는 소리가 났다
그것은 마음에 연못이 있다는 소리
나무의 수많은 잎사귀들이 팽팽하게 부풀어 있을 때
그것은 마음의 어떤 곳을 꽃밭으로 바꾸는 일
제주 공항, 검은 옷을 입은 사내와 여자가 보따리를 들고
대합실을 빠져나가고 있다 반바지와 선글라스의
왁자한 틈 사이에서 버스를 기다리고 있다
보따리 틈에서 삐죽이 아가리를 벌리고 있는 명태
사내와 여자는 둥글게 말려오는 더운 땀을 닦아낸다
이윽고 바람이 서식지를 잃은 듯 주름을 늘이며 다가올 때
그 뒷모습을 보며 망막을 다치는 일은
풍겨 오르는 죽음의 냄새를 맡는 일
혹은 여행의 기분을 검은 옷과 바꾸는 일
애써 마음의 어떤 곳에 파도를 세우는 동안
반바지와 선글라스들이 버스에 오르고
사내와 여자가 들뜬 틈 사이로 스며들자
나무의 수많은 잎사귀들이 팔랑거렸다

백석의 《사슴》 풍으로

이역異域 하늘 기내機內에서 불빛 박힌 도시를 내려다보며
먼 조상 강 건너 산 건너 와 이 땅에 바칠 것 다
바친 뒤 뉘엿뉘엿 노을이 지도록, 달이 말없이 그림자에
번질 때 그리고 객고 푼 몸을 가누며 5월, 바람 불어와
꽃가지를 건들 때 숙소宿所에 누울수록 호금胡琴 소리는 쟁
쟁하고
자신 안으로 밀려들어오는 흥건한 시름이며 먼 아득한
산야山野로부터 어른거려오는 눈시울에 잠을 설쳤을 그
점점點點을 생각한다, 이제 기내에 울려 퍼지는 음악과 더
불어
먹다 남은 음식을 바라보다 기우뚱대는 기체機體 때문에
떠오르지 말아야 할 것까지 반짝여 비쳐오고
그 가운데에 꽃잎은 조용히 팔랑거린다, 나는
방금 떠나온 이역異域의 숙소宿所에 누워 들창머리를 어른거
리는
꽃가지에 아직도 잠 못 이루는 사람이 나의 또 다른 몸이거나
가까운 혈통일지도 모른다는 생각이어서
한켠이 아려오기도 하는데, 바람이 부는가
꽃 핀 달의 나뭇가지 끝에서 무엇이
비워져야 땅은 저리 환하고 손짓하여 바람은 어느 화답에
입을 열어야 음악만큼만이라도 가벼워지는가

이렇듯 생은 헛헛하고 바라고 바라던 그 어떤 것들의 끝은
다시 바라던 거리만큼 멀어지는데 또 다른 이역異域의
불빛만이 저만치 숙연하게 굽이쳐 오면 사람의 역사役事며
마음의 역사役事에 아득히 눈을 감아도 보는 것이리라

저녁 눈

저녁은 저렇게 쉬이 온다 이 저녁이 다하면
눈길에 서서 흔적 없는 옛 자취에
과거를 불러내기도 하리라 그때 사람들은 얼음의 뿌리가
두려워 그리운 이름을 불러도 보는 것
후회를 곱씹으며 미어져오는 가슴을 뒤척여도 보는 것
눈 위에 서리라 휘황한 간판들이 눈을 받아들이고
바람이 숨 가쁘게 스칠 때 하늘에서 내려오는
이 무연한 전갈들은 비로소 혼자임을 깨닫게 하리라
눈 내리는 서울 또는 바람 부는 주유소 지붕 위로
눈이 쓸리면 시간의 아가리 속으로 걸어가는 사람들
침묵의 저편에 닿아 귀를 여는 사람들
저녁이 연신 평화를 불러대고 팔이 닿지 않는 세상이
얼음 위에 부르튼 이름을 새길 때

밤배

횟집 처마 아래 비는 내리고
어둠 속 숨은 풍경 속으로 저녁 불 흘러내리고
떠도는 말의 무늬들은 김 서린 수족관에 앳된 글을 새기고

배는 떠가고 꽃이 피려나, 여관旅館과 그 옆의 주점酒店은
온순해지고 항구港口는 비를 받아들이며 출렁거린다

바람이 침묵에 저를 가둘 때
반은 검고 반은 흰 저! 새들

불현듯 몸 안은 고적孤寂을 배후로
봄꽃이 도지고 먼 바다에서 휘어져 오는 불빛은
아직 어둠에서 깨어나지 않는다

멀리 떠가는 배에 생애의 흔적이 가물거리는 밤

비에 젖은 꽃잎이
자신과 나뉘는 발자국을 위해 가늘게 길을 비춘다

민박

말을 붙인들 무엇하랴
산 중턱 위에서 빛나는 별, 들판을 비추는 달
불안은 멈칫거리다 에일 듯한 바람과 섞여
현재를 만드는데 그렇다면 과거를 팔 수도 있다는 말인가

기억은 화투 패처럼 자신이 거덜 나는 줄도 모르고
기만을 숨긴 채 현재를 지배하려 들고
현재는 현재대로 미래를 호령하려 한다
이 모든 것의 역사는 환멸 아래 이루어진 것이다

산 위 별은 빛나고 나무들 사이
어둑어둑한 그늘 속 정적을 틈타
비명이 눈 위에서 일어서면

숲의 귀鬼들은 달의 둥긂에 맞서
퍼런 눈을 치뜬다 어디선가 마음 하나
추운 바람과 만나 떠밀려가다
새벽과 함께 뒹군다

굴

저 굴은 굴이 아니다
시금치와 콩나물, 김치와 멸치와 함께 놓인 저 굴은
바다로 흘러간 검은 물에 거품을 물다
죽은 채로 건져진 석화石花다, 그도 아니면 일식日蝕이나 월
식月蝕 때
아가리를 크게 벌려 해와 달을 잡아먹고는 다시 토한다는
불개다, 불개여서 검은 물을 독으로 만들어 일가족을
죽여 놓았지 않았겠는가? 볶지만 않았다면 저 시금치도
저 콩나물도 식당 밖 가로수처럼 배가 독을 품은 채
터질 듯이 부풀어 있을 것이다, 탱탱한 옷과 물고기
탱탱한 머리카락과 두드러기, 벼가 누렇게 여물어 가는 날
장지葬地 갈 때 길가 함부로 핀 꽃들은 제 몸의 기둥들을
바로 세우고 있었다 빛이 비스듬히 사람들의
얼굴을 비추는 동안 스승은 관 속에 누워
흐린 국수로 실려 나가는 가시연꽃을 보았을까?
가시연꽃 보러 물 위에 핀 가시연꽃 보러
썩은 저수지 물 위에 아름다이 핀 가시연꽃 보러 가던 날처럼
알 수 없는 오기를 저장한 채 입을 앙다문
굴의 검은 점들을 바라볼 때 식당 창틀에 더께진 매연이
두껍게 생을 가장하고 있는 것처럼
굴도 무엇에 매여 있는 것처럼 보였다

문틈에 바침

가을이면 은행잎이 봄이면 벚꽃이
비가 내리면 매미 울음이 그치고
겨울이면 창문으로 바람이 새어들어 왔다
겨울이 지나고 봄이 오고 여름이 되었을 때
나무들이 아무도 지나가지 않은 길 위에서
꽃을 피우고 있었다

창에는 먼지 섞인 노래가 흘러내렸다
소리 없이 너의 문틈이 울고 목쉰 고양이가 운명의 노래에
갸르릉거릴 때 오래된 침대는 운명의 것이었지
바람의 것이 아니었다, 무거운 침묵 사이사이
말없이 이삿짐을 싸는 동안
창 밖에는 눈이 내리고 눈보라 쳐 유리창을 흔들고
어디론가 흩어지는 눅눅한 옷처럼
꿀꿀거리던 나무들은 자신의 자리에 남아
벌겋게 부풀어 오르는 기운들을 모아놓지 못했다

스스로 존중해야만 광폭함을 막을 수 있었던
시절들은 실감 없이 사라져 가고 트럭에 실리는
짐들만이 영혼이 얼마나 먼 길을 걸어왔는지를 아는 듯
생을 마친 사람처럼 자신의 집에 눈동자를 묻는다

눈보라는 울려 퍼지고 목쉰 눈보라는 울려 퍼지고
손 닿지 않는 곳에서는 윤곽만 남은
전생의 손가락들이 탁, 탁 허공의 끈을 더듬고 있었다

황혼의 원정園丁

황혼
곧 날이 저물어 오면 더러운 피는
사정없이 솟구쳐 오를 것이다 나무 뒤에서
귀를 막으며 육체에 주소를 두고 있는 불평과
술 취한 봄꽃과 끝에서 끝으로 불어오는 바람에게
시들어버린 어깨 죽지를 맡기고 있는 사람들은
황급하게 닫히는 골목을 멍하니 바라볼 것이다
불온은 저토록 질기어 용서의 노래를 이기고
어떤 이의 옷을 흔들다 주름에 가 둥글게
시간을 말아 올릴 것이라, 더러운 피는
어디서 불어와 옷가지를 흔드나? 옷가지를 흔든 뒤
왜 황혼과 섞여 골목을 빠져나가는가?
우리가 태어나기 전부터 쉼 없이 불어
학교와 평화와 사랑을 흔들며 팽팽하게 부풀어 오르는
치욕의 젖가슴들, 그러나 아직 읽지 않은 흙과 하잘것없는
기억과 아직 내려놓지 못한 운명들은 굽은 등을 벽에 기대
어 있고
가슴팍 어귀에서 미친 노래를 부르는 가는 핏줄 속으로
노을 몇 송이 잠잠히 잦아드는데
아주 멀리 평화의 발상지에서 노을은
의자의 치맛자락까지 와서는 방을 치운 뒤의 평화처럼

머리를 환하게 만들고 봄꽃들의 노래까지
점점 커가게 만드는 이상한 나무들을
붉게 물들이고 있었다

헌인릉 가서

소나무 길게 늘어선 헌능 계단에 올라
한 점 티끌 없는 하늘을 바라본다
진달래꽃 핀 봄날 조카들은 제 스스로의 흥에 겨워
계단을 오르내리고 아버지는 뒷짐을 지고
곡벽曲璧과 왕릉의 생김새에 대해 말씀하신다
어머니 왕벚나무 그늘에 앉아 계신다
농아 몇 맹아 몇 수화手話를 바라보시며
관절염을 앓아 휘어진 다리를 햇빛에 말리신다
인릉 아래 물이 가늘게 흐르고 의자에는
늙은 사내와 젊은 여자가 머리를 맞대고 있다
하늘은 푸르고 제비꽃이 왕릉 잔디에 무리지어 피어 있었다
뿌리들은 어느 마음의 끝 땅속에 내려
이토록 질긴 목숨으로 얽혀 있을까
바람이 지나가면 그 흔들림만큼 흙 속을 엉켜드는
목숨들 두 번의 생이 있다면 아름다움이 다투어 묶이는
창문에 나가 동터오는 집의 입구를 바라볼 것이다
어머니 자욱이 뿌리를 뻗어 풍경들을 바라보신다
꽃과 나무 사이 긁힌 정적의 모퉁이를 도는
아버지 그림자 바라보신다

물의 생애

산벚꽃 피는 맑은 날
천지간 푸르러 물소리 환한 날

운명은 우리에게 베푼 것을 끝내
자신의 힘으로 돌리고
스스로 일생을 이끄는 자들의 눈에 질투를 보탠다

더듬더듬 산벚꽃 읽는 날
저수지의 물들이 하늘을 점령한 뒤
구름의 그림자를 환히 세상에 되비치는 날

잘못이 남의 탓인 듯 운명이 또한 남의 탓인 듯
저 환한 봄날에 숨어 기억의 나로부터 도망친
숨은 기록이 있다면 저 저수지 물결의 일부가
되었으면

자취를 남기는 생애가 환한 꽃을 받들어
낮은 귀로 물소리를 듣는 날
운명이 나를 불러 자신의 목소리를 듣게 하는 날

박주택
꿈의 이동건축 외

꿈의 이동건축

1
목재를 실어 나르는 화차貨車를 타고
숲으로 가네
수맥을 짚어 한 모금의
물을 마시는 동안
구름이 어둡게 어둡게 몰려오지만
풀밭에 제비꽃 몇 장 숨기고 있겠지
휘어이 휘어이 부는 바람같이만
처음인 곳으로 가는 나중의 하늘
숲 속으로 들어서면 푸른 잎맥의 바다
물레를 잣는 어머니처럼 부드럽게
하늘이
내게로 내려와 물을 주시고
마을의 풀밭에 씨앗을 뿌리시고.
아하 바람은 한사코 내 머리 위에 머물러 있다.
끌로 땅 끝을 깎아 나무들 사이의 행적行蹟을 깎아
햇살을 모아 두면서, 바람의 옆모습을 지켜본다.
세계는 옆으로 열리고 열린 창문처럼
쑥 뿌리가 내 겨드랑이 털까지 휘감아 돈다.

2
뽑힌 노을은 동東쪽 하늘에 머물러 있을 것인가.
창포 꽃잎이 티눈처럼 손바닥에 퍼지고
귀에 잡힌 푸른 공기, 푸른 목숨이 서럽게 느낄 무렵
가슴속 얽혀 있는 내 생애生涯를 점치리라.
별을 보며, 넓적다리에 진득거리는 절망을 떼어다오.
어제처럼 노을 위에 누울 때
까마귀 떼 내 발밑으로 돌아와 눕고

무릎 사이로 말할 수 없이 많은 강물이 빠져나가 시
방, 내 앞을 지나가는 사랑 앞에 서면 반딧불보다 더 빛
나는 나뭇잎들. 산이 되는 바람에 의해 숲을 건너온 강
물은 팽팽한 슬픔을 만드는데
나는, 흡반으로 길고 먼 바다를 빨아들인다.

한 마름의 비단으로 아버지가 가슴을 껴안네.
이 손바닥에 비쳐지는 단 하나의 바다. 우수의 불꽃.
안개 표지판 없는 생애生涯의 채찍을 몰아
서西녘 하늘 굽이굽이 돌아 모두
내 집으로 불러들이는
내 뒤를 밟던 새 떼.

3
손수 나의 흉금을 털어놓자
화살 모양의 안개는 지평선 밖으로
과녁을 찾아 떠나가고.
나는 집 구조와 가구들을 이동시킨다.
강물 때문에 어느새 현기증이
높낮이의 생애를 닮아가도
나는 다시는 태양을 찾지 않는다.
처음으로 약속받은 땅의 일이며
어떠한 경우에도 이것은 바뀌지지 않는 것이므로.
다만, 나무들이 지평 위에서 나를 지켜보기 위하여
날마다 까마귀 알을 받아낼 뿐이므로.

그러면서도, 생명을 낳고 뜨거운 혈맥을 찾아 계곡을
건너온 물소리가 굽이굽이 천장을 올리고, 허물을 벗는
바람을 얼러 등 굽은 회양목 아래서 또다시 깊은 잠을
자리라. 그때는 겹겹의 사랑이 땅 끝에서, 살아 있는 나를
눈물겹게 껴안아 주리라.

내 입의 불, 어두운 저녁녘에 그려내는 내 눈의 태양太陽.
꿈의 세계로부터 빛나는 아름다운 약속.

지평을 밝히는 꿈으로 새는 날아가고
머리에 불꽃을 이고 아침.
나는 잠을 깬다. 일찍이
내가 화차貨車를 타고 이주해 온 숲의 아침에
맑은 햇살이 거미줄을 투명하게 비춰주고
보물과 곡식들이 가득 찬 나라에서, 말하리라.
깊이를 숨긴 고독 속 새로 남아
내 굴레가 무엇이며
어떤 속박으로 죄어드는가를.
그때, 사과나무에서 꽃이 피고
양떼들의 풀밭에 양떼구름이
어떻게 순례하는가를.

얼음은 날개를 가지고 있다

두 개의 눈이 있다 하나의 눈은 그의 아버지의 것이다
또 하나의 눈은 그의 것이다
처음, 아버지로부터 그가 유습한 것은 수평이었다
넓고 딱딱한 어금니, 폐였다 광야였다
그리고, 들소를 뜯어먹고 몸속에 자라는 산맥이
그를 깎은 절벽으로 만들었다 그곳에는 얼음이 붙어 있다

그는, 육체로 정신을 배반하지 않았다
팽팽히 육체를 당겨 절벽으로 만들었다
마침내, 눈 덮인 산맥을 사납게 휘몰아쳐
그 스스로 수직의 아버지가 되었다

간월도

저게 바다야? 승용차 속 아이가
우산을 받쳐 들고 나오며 웃는다
눈이 퍼붓고 인가人家의 마루가 자꾸 바다로
미끄러질 때 나는, 스무 번도 더 와본 이곳
공터에 차를 세워놓고 손톱을 깎는다
철새 도래지로 가는 듯한 방송국 차가
사람들의 시선을 끌며 사라져 간다
저 아이는 아무래도 이 바다를
비웃는 것 같다, 썩어 보이기도 하는
이 물들의 고요한 뒤척임을, 저 나름의
아우성대는 바다와 견주고 있는 것이 분명하다
눈발이 더 굵다, 차 안이 덮인 눈으로
환하다

나는 내가 이발사라고
말하고 싶은 적이 있었다
포플러나무 잎새가 우거진 뜰에서
머리를 잘라주는, 내 아이들의 이발사
물이 틈새로 흐르듯, 여전히
흙을 타고 넘는 물이 있으면

갸륵하여라, 나는 정복자처럼
가방의 지퍼를 열고, 계란을 꺼내
아이들에게 이것은 나의 것이다
라고, 말하고 싶었던 것이다

간월도가 소나무 숲 사이에 떠 있다
안에는 바다를 바라보는 절이 있어
자꾸 미끄러지는 운명을 불러
그 속을 바다에 재우게 하고
달이 훤히 떠, 바다를 어르는 밤이면
섬도 몸을 열어 교교한 달빛을
쐬게 되는 것이리라
철새 떼가 바다 위를
가로질러 갔다가는 다시,
제 곳으로 되돌아간다
멀리, 아이의 가족들이 간월도를 향해
점점이 걸어가고 있다

수덕사

거무스름한 시간의 사이에서
벌레들이 기어 나와 작은 집들을 세울 때
나는 먼 듯한 곳을 여행하였다
그곳은 영산홍이 우두커니 바람을 내뿜고
우물 속에 빠져 있는 수저가 바람이 불 때마다 구부러지는
외진 마을, 담뱃불을 붙일 불도 없고
노래도 중간에 뚝뚝 끊기는 침묵 때문에
나는 의기소침해진 채 지는 해를 바라보았다
마음이 아프지 않은 사람은 없다고
노을이 지고 거품처럼 뿌옇게 밭들이 누린내를 풍길 때
어떤 숨결도 별들에게는 이를 수 없다고
격자무늬 밤이 오고 나는
창백한 나무들의 쉰 목소리를 건너
내 안의 어떤 기슭에서 우는 종소리를 들으며 잤다

시간의 육체에는 벌레가 산다

트럭 행상에게 오징어 열 마리를 사서
내장을 빼내 다듬었다, 빼낸 내장을 복도의 쓰레기봉투에
담아 한켠에 치워 두었다, 이튿날 여름빛이
침묵하는 봉투 속으로 들어가 핏기 없는 육체와 섞이는 동안
오징어 내장들은 냄새로 항거하고 있었다
그리고는 장마가 져 나는 지붕 위에 망각을 내리지 못하고
가까운 곳에서 들려오는 헛된 녹음에 방문을 걸고 있을 때
살 썩는 냄새만이 문틈을 타고 스며들고 있었다
복도에는 고약한 냄새만이 가득 차 있었다
나는 방 안 가득 풍겨오는 냄새를 맡으며 냄새에도 어떤 갈피가
있을 것이라는 생각, 더 정확히는 더러운 쓰레기를 힘겹게 내다
버려야 할 것이라는 생각과 싸우고 있었다

비로소 나는 복도의 문을 열었다
비가 멎고, 싸우고 난 뒤의 불안한 평온이
사방에 퍼져 있었다, 공기가 젖은 어깨를 말리고 있었다
발자국에 곰팡이가 피어오르고 있었다
그리고 막 열쇠로 지옥 같은 문을 잠그고 돌아설 때쯤
핏기 없는 냄새가 심장까지 파고들었다
무덤에서 냄새의 뿌리로 태어난 수많은 구더기들이
시간의 육체 속으로 흩어져 갔다

정육점

완벽한 육체를 이루었던 소는 칼에 찢겨
피에 젖은 갈고리에 걸려 있다, 가끔씩 날파리들이
핏물을 빨다 냉동고 위로 날아가 버리면
몸에서 쫓겨나간 영혼만이 갈고리 주위를 맴돈다
바닥에 핏물을 떨어뜨리는 기억의 몸뚱이
마치 남은 말이라도 쥐어짜듯이 팽팽한 얼룩들을
바닥에 떨어뜨리며 거푸 숨을 몰아 내쉬며
한 방울의 핏빛 눈물을 짜낸다
진열대 속 자동 분쇄기에 가지런히 썰려 있는
살점들, 한 그루 시간의 붉은 잎사귀처럼 서로 몸을
포갠 채 지독한 적막 속에 끼어들 때
일생을 캐묻듯이 유리의 깃털들이 펄럭인다
게으른 책임을 두 눈 속에 퍼부었을 소
그러나 이제, 시간에게 상속받은 것이 얼룩뿐이라는 듯
붉은 등燈을 바닥에 하나 둘씩 켜놓는다

겨울 저녁의 시

사위가 고요한 겨울 저녁 창틈으로 스미는
빙판을 지나온 바람을 받으며, 어느 산골쯤
차가운 달빛 아래에서 밤을 견딜 나무들을 떠올렸다
기억에도 집이 있으리라, 내가 나로부터 가장 멀듯이
혹은 내가 나로부터 가장 가깝듯이 그 윙윙거리는
나무들처럼 그리움이 시작되는 곳에서 나에 대한 나의 사
랑도
추위에 떠는 것들이었으리라, 보잘것없이 깜박거리는
움푹 패인 눈으로 잿빛으로 물들인 밤에는 쓸쓸한 거리의
뒷골목에서 운명을 잡아줄 것 같은 불빛에 잠시 젖어
있기도 했을 것이라네, 그러나 그렇게 믿는 것들은
제게도 뜻이 있어 희미하게 다시 사라져 가고
청춘의 우듬지를 흔드는 슬픈 잠 속에서는
서로에게 돌아가지 않는 사랑 때문에
밤새도록 창문도 덜컹거리고 있으리라

바람을 읽는 밤

가을은 저렇게 오는가
저수지에서 몰려오는 안개는 장례식장의 마당을 가득 메우고
울음과 울음 사이를 이어주던
자동차의 불빛도 끊어진 지 오래
술 취한 사내가 술병을 복도 바닥에 집어던진다

고요에서 발자국을 기억해 내는 사람들
그 발자국에 잠겨 문을 찾는 사람들
수많은 작별이 살아 있음으로 자신과 포옹하는 밤

저렇게 오는가 가을은
사람에게 붙잡힌 어둠이 잉잉거리고
산 중턱 모텔에서 반짝거려 오는
네온 불빛에 잠시 몸을 빼앗기는
이 모든 것들의 멀리 있지 않음처럼

울음을 더듬는 빛이
술병 조각에 베인 채
이제 돌아가라고 어서 도망가라고
자욱한 안개 속에다 피를 흘려놓는
귀뚜라미 우는 밤이다

아침나무 그림자가 나의 오른손
부위를 지날 무렵

저 산山의 짐승에게 이름을 주었다.
한 주먹의 물방울을 그의 이마 위로 보냈다.
아침이 소나무 숲과 살을 섞은 뒤
그의 젖줄을 세차게 빨아대는 것을 느낀다.
머리 위로 잎이 돋는다.

나무가 손바닥을 흔들고 있다.
발굽으로 돌이 모여들고 돌이 열어주는 숨.
나는 나무 위로 손바닥을 얹었다.
숲이 떨리는 것을 본다.

식물들, 그들은 한 마리의 물고기로 헤엄쳐 왔다.
맨발로 반짝여 오는 산과
이슬을 받쳐 들고 서 있는 나무.

나는 내 곁에 앉아 있는 아침의
등거죽을 만진다

하늘로 가는 단칸방

방이 있다 그 방은 물에 젖어
시간에 떠 있다

늙은 어머니가 중풍으로 누워
수족을 움직이지 못하고

삼십을 넘게 건사해 온 장애 아들은
못에 노끈을 매고 있다

말 못하는 어머니, 사지를 뒤틀며
의자 위에 선 아들을 올려다본다

툭! 의자가 굴러가고
노끈에 목을 맨 아들이 컥컥거릴 때

그 온몸으로 쥐어짠 눈물의 힘으로
단칸방 하늘로 올라간다

판에 박힌 그림

입을 열지 않아 어금니가 아픈 하루
다시는 가지 말자던 술집에 앉아 기우는 저녁 해를 바라본다
저 해의 상형문자, 저곳에는 어떤 망령의 책들이 있길래
기다림의 문장들이 실명한 채 바람에 나부낄까
얼룩진 의자 위로 먼지가 귀순을 꿈꾸며 부유하고 있다
먼지에는 울음소리가 박혀 있다

다시 태어나리라는 그 모든 것들은
이제, 남은 생애를 저 저녁의 남은 빛에 맡기리라
바람을 읽으며 누군가는 잘못 씌어진 기록에
세상과 맞서 싸운 길 위에서 어이없는 웃음을 지을 것이며
또 누군가는 잠이 들다 깨어
스스로 독이 되는 긴 편지를 쓰리라

해가 진다, 진다 저녁 해야, 바람이 부냐
너 지는 곳, 붉은 핏물로 하늘을 곱게 물들이며
운명을 하나씩 네 속에 가두고 이별을 피워 올리는 곳
네가 길이라고 타이른 수많은 기다림이 좀이 슨 채 울음을
터뜨린다
창에 수의가 어른거린다

그것이 우리가 만나는 사랑의 모습이다

봄비

비가 내리는 병원, 산모는
아이를 삼베옷으로 감싸고 복도를 걸어간다
목합 통성냥 속 성냥들이 펼쳐지지 않은 책처럼 빼곡히
꽂혀 있는 다탁茶卓에는 마른기침이, 먼지들을
창밖으로 내모는 바람에는 숨이, 길게 이어졌다 끊어졌다

비가 내리는 꽃밭

꽃잎이 비에 젖어 씻겨 지하로 내려가고 있었다
바람에는 소름이 무더기로 돋고
높은 곳에서는 까치집이 항문을 벌리고 있었다
그 아래 산모, 젖은 꽃잎을 밟으며 나무 지나
의자 지나 꽃밭으로 간다

─하얀 강

새벽이 온다

저렇게 새벽이 밀려들어오면 밤을 의지하던 사람들은
어디로 가라는 것인가. 어둠 속에서, 어둠의 마음속에서
몽롱한 노래들이 몸을 비벼주었건만
저렇게 소리 없이 새벽이 밀려와 거뭇한 자세로
사람들을 세워두면 이들은 또 어디로 숨어들란 말인가.
어둠에 몸을 풀고 술의 노래에 허무를 이기다
어디론가 흩어지는 사람들
새벽은 아가리를 벌려 하늘의 수많은 별을 잡아먹고
핏빛 광선을 세상에 흩뿌리는데, 어둠이 사라지자
사람들이 제 속에 어둠을 만들어놓고 한사코 그 속에
스며들고 있는데, 아아, 아가리가 있는 것은 무섭다

김시습

금오산 갈 때
중중한 손으로 내 뺨을 후려쳐
나를 남자로 만든 쇠심줄, 아버지
뼈를 꺾어 검劍을 만들다
살을 찢어 초적草笛을 만들다
등을 꼿꼿이 세우고 폭포수 속
검劍 빛 인광을 뿜으며 솔 향
입을 여시니, 태백의 심줄을 보라 하심이렷다

강남역 뉴욕제과 앞
장미꽃을 든 여릿한 남자애 귀고리가 가상타

불알 없는 놈!

카프카와 만나는 잠의 노래

그 무렵 잠에서 나 배웠네
기적이 일어나기에는 너무 게을렀고 복록을 찾기엔
너무 함부로 살았다는 것을, 잠의 해안에 배 한 척
슬그머니 풀려나 때때로 부두를 드나들 때에
쓸쓸한 노래들이 한적하게 귀를 적시기도 했었지만
내게 병病은 높은 것 때문이 아니라 언제나 낮은 것 때문이
었다네
유리창에 나무 그림자가 물들고 노을이 쓰르라미 소리로
삶을 열고자 할 때 물이 붙잡혀 있는 것을 보네
새들이 지저귀어 나무 전체가 소리를 내고
덮거나 씻어내려 하는 것들이 못 본 척 지나갈 때
어느 한 고개에 와 있다는 생각을 하네
나 다시 잠에 드네, 잠의 벌판에는 말이 있고
나는 말의 등에 올라타 쏜살같이 초원을 달리네
전율을 가르며 갈기털이 다 빠져나가도록
폐와 팔다리가 모두 떨어져나가
마침내 말도 없고 나도 없어져 정적만 남을 때까지

| 수상 소감 |

한 그루 시간의 붉은 잎사귀

내가 말하는 말이 내 말이 아니듯, 내가 쓰는 시는 내가 쓴 시가 아니다. 나는 다만 폐허의 틈에 끼어 신음하는 것들을 구출하여 그 신음을 받아 적을 뿐. 내가 쓴 시가 시가 될 수 있을까라는 생각이 오랫동안 나를 괴롭힌 그 기억으로, 한국시의 한 맥이 될 수 있다면, 앞으로의 내 생은 지리멸렬해도 혹여 비명이 가득 차더라도 나를 약탈해 가는 시간 앞에서 또 다른 나에게 용서를 구할 수 있을 것이다.

| 자전적 에세이 |

그 처연한 만신萬神의 계절

나에게 글이란 어떤 정신의 뿌리와도 같다. 준열한 시정신, 내게 어떤 것이 있다면 강인한 영혼에서 솟구쳐 나오는 광휘의 것들을 붙잡아 그것이 무엇인지를 묻는 일이다. 삶과 운명이 번번이 나를 속이고 곁바람으로 갈 때 바람을 불러 세워놓고는 속이지 말라고 다그치는 일이다.

한 그루 시간의 붉은 잎사귀

내가 말하는 말이 내 말이 아니듯, 내가 쓰는 시는 내가 쓴 시가 아니다. 나는 다만 폐허의 틈에 끼어 신음하는 것들을 구출하여 그 신음을 받아 적을 뿐. 내가 쓴 시가 시가 될 수 있을까라는 생각이 오랫동안 나를 괴롭힌 그 기억으로, 한국시의 한 맥이 될 수 있다면, 앞으로의 내 생은 지리멸렬해도 혹여 비명이 가득 차더라도 나를 약탈해 가는 시간 앞에서 또 다른 나에게 용서를 구할 수 있을 것이다.

박주택

어둠의 아가리에서 하느적거리며 풀려나오는 하얀 줄기들을 바라다보았다. 마치 뭍에서 올라온 물고기 눈처럼, 튀어나온 구름은 어둠이었는데도 살점이 하얗다. 굶주린 짐승들의 장소인 공터는 몰락한 바람들만이 몰려 있었다. 나는 문고본으로 남아 있는 기억의 저층으로 손을 뻗어 주석 많은 책을 집어 들고는 가늘게 비치는 빛 속에 서 있었다.

나를 여기까지 오게 한 것은 무엇이었을까? 중학교 때 연탄가스를 마시며 읽었던 《수레바퀴 밑에서》나 《호밀밭의 파수꾼》이었을까? 아니면 2층 누다락에 방학 내내 틀어박혀 책을 읽어내던 고등학교 시절의 치기였을까? 그도 아니면 혈통이었단 말인가? 나는 나를 약탈해 가는 시간을 바라보며 밀입국

자처럼 서 있다. 그러는 동안 나를 다녀가는 삶의 것들은 조롱과 비소를 남긴 채 돌아가버리고 나면, 나는 소름이 돋은 채 방으로 돌아왔다.

생은 지리멸렬했다. 아프지 않은 사람이 어디 있냐고 소리들이 모여 비명을 지르고, 계절은 계절대로 봄이 오면 꽃가루를 날리고, 여름이 오면 물집을 터뜨린 뒤 가을을 불러들이고, 겨울은 자신의 몸을 얼음으로 만들었다.

잡된 것들을 끌어들이는 지리멸렬한 생은 저녁에도 환멸을 끌어모으고, 후회는 후회대로 무량하게 흘러갔다. 비명을 옮겨다놓은 방 안에서 밖으로 난 길을 바라다본다. 밖을 나가면 나를 잡으러 오는 눈빛들로 가득하리라. 차라리 비명을 통하여 평화에 이르는 이 저주를 사람들은 능멸할 것이다. 미간을 찌푸린 경전들, 은신처가 되었던 어둠들, 그리고 내가 붙잡아두었던 경구들조차 존재의 정면에서 비웃는다면, 얼마나 나는 나로부터 먼가.

시가 내 편이라는 생각을 한 적이 있다. 그때는 지금보다 생의 것들이 덜 빈정거렸고, 또 휘어진 등골로부터도 멀어져 있었다. 어둑신한 방구석에 앉아 폐허를 주석한 책들을 읽으며 내게도 가혹한 추억이 있을 것이라는 것을 깨닫기 시작할 때였다.

그리고 시는 여전히 유령처럼 세상에 떠돌았다. 퉁명스럽게, 투박하게, 혹은 눈으로 만나는 아름다움처럼 세상의 곳곳에 존재했다. 나는 폐허에서 파낸 시들을 읽고 쓰며 나를 갉아먹고 자란 시간의 뒤룩뒤룩한 몸을 힘겹게 바라다보았다. 끔찍하게도 피는 매일매일 솟구쳐 올라 쥐들처럼 불타올랐다.

그리고는 쥐들의 죽음 뒤에 남아 있는 고요 속에서 숨을 죽인 채 시의 곳곳에 스며든 검은 핏물을 빼냈다.

이것이 시의 운명이라면 나는 받아들여야겠다. 일찍이 시가 내 입의 불, 어두운 저녁녘에 그려내는 내 눈의 태양, 꿈의 세계로부터 빛나는 굴레이며 속박이며 생애의 채찍이라는 것을 내 일찍이 눈치 채지 못하여 어리석었으므로.

내가 말하는 말이 내 말이 아니듯, 내가 쓰는 시는 내가 쓴 시가 아니다. 나는 다만 폐허의 틈에 끼어 신음하는 것들을 구출하여 그 신음을 받아 적을 뿐. 그리하여 어떤 이는 나를 욕하여 생을 팔아먹는 자라 하며, 또 어떤 이는 나의 눈빛에 시비를 걸어 저녁에 가두려 하지만, 이제 비명이 혹독하여 응답은 밤에 섞인다. 이따금 누군가 등을 두드리며 바람이 저토록 윙윙거리는 것은 제 몸을 찾지 못해서라며 걸어가는 내 길 옆에 나란히 설 때 비스듬히 나무들도 귀를 기울인다.

제 뼈를 파 글자 낱낱을 새기는 자 있다면, 제 생을 짠 즙으로 그 글자 반짝이게 하는 자 있다면 반짝이는 저 편의점 불빛 따위는 영원의 밤에서 캄캄하게 저물리라. 곪아 있는 상처에 고물거리는 것들. 존재의 후미진 곳에서 제 몸에 출렁이는 강물을 바라볼 때 보푸라기 인 햇빛은 생각이 무거운 듯 아직 잎이 돋지 않은 가지를 뻗어 뿌리께로 가져간다.

내가 쓴 시가 시가 될 수 있을까라는 생각이 오랫동안 나를 괴롭힌 그 기억으로, 한국시의 한 맥이 될 수라도 있다면, 앞으로의 내 생은 지리멸렬해도 혹여 비명이 가득 차더라도 나를 약탈해 가는 시간 앞에서 또 다른 나에게 비굴하게 용서를 구할 수 있을 것이다.

꽃이 필 때 꽃이 지는 마음을 생각하라고 추슬러주시고 새겨주신 많은 분들과 앙상한 가슴에 잎사귀를 달아주신 심사위원 선생님들께 깊은 곳으로부터 감사의 말씀을 올린다.

그 처연한 만신萬神의 계절

나에게 글이란 어떤 정신의 뿌리와도 같다. 준열한 시정신, 내게 어떤 것이 있다면 강인한 영혼에서 솟구쳐 나오는 광휘의 것들을 붙잡아 그 것이 무엇인지를 묻는 일이다. 삶과 운명이 번번이 나를 속이고 곁바람으로 갈 때 바람을 불러 세워놓고는 속이지 말라고 다그치는 일이다.

박주택

유년의 회랑回廊

1959년 충남 서산군 음암면 부산리에서 서예가이신 아버지 박성준과 어머니 채순 사이에 태어나 초등학교 2학년 때까지 서산에서 자랐다. 친가는 서울에서 낙향한 문벌로, 여유 있게 살았으나, 일제와 인공을 거치면서 가세가 기울기 시작했다. 한학에 조예가 깊은 조부가 늑막염으로 돌아가신 뒤 기독교인 이신 큰어머니가 이단이라며 저술한 책을 모두 불태워버렸다. 외가는 서산군 운산면으로 외조부 역시 한학과 한의에 조예가 깊었다.

1967년 바다가 내려다보이는 팔봉 초등학교에 입학, 학교급 식으로 나오는 옥수수 죽을 배급받아 하학 길에 나뭇가지를 꺾어 산길에서 먹기도 했으며, 스피커를 통해 흘러나오는 라디오 소리에 넋을 빼앗기곤 했다. 그러다 1968년 대전으로 이

사하여, 전학 간 학교 교장실에서 처음으로 기차를 보고는 창문에 다가가 소리쳤던 기억이 난다. 그리고는 은뜰과 병낙정이라는 곳에서 유년 시절을 보냈다.

소년은 냇가를 중심으로 양편에 펼쳐진 출렁이는 보리밭을 따라가다 그 보리밭 사이의 조그마한 길 끝에 길게 지어진 양계장 축사를 지난다. 오후, 이미 아이들은 놀이를 찾아 어디론가 떠났고 4학년 혹은 5학년, 이름이 잘 떠오르지 않는 여자아이들만이 축사 뒤 퀴퀴한 블록 담 밑에서 고무줄놀이에 열중해 있었다.

그 수묵의 흰 여백에 납작 엎드린 마을의 풍경 사이로 미루나무가 흔들리면 높이 떠 한낮을 내려다보던 6월의 태양, 그리고 이따금 우마차가 지나갈 때 간신히 길옆으로 비끼면서 바라보던 민들레꽃들. 그 막연한 외로움과 함께 감당할 수 없는 감정들로 서 있었던 마을의 들판. 실개천의 송사리 떼, 붕어, 물방개, 소금쟁이, 그 맑은 물풀들. 이제 긴 회랑回廊 속에서 한낱 짙푸른 기억 속에 살아 그리로 갈 수 없고, 너무나 멀고 아득해 다시는 밟을 수 없는 그 유년의 뜰에 성찬되어 있는 갖가지 문양들은 다만 푸른 풀처럼 솟아 아득한 그리움으로 떠오른다. 밤공기 속에서 만져보던 돌담 끝 호박꽃잎들. 과꽃 핀 학교 옥사. 이따금 없어진 물건 때문에 손들고 무릎 꿇고 앉았던 칼집 흉흉한 목재 책상들. 겨울날, 연을 날리며 훨훨 날고 싶었던 그 순박한 꿈들은 어느 희망 속에 싹을 틔워 푸른 보리밭이 되었을까.

수상한 사람들이 마을을 어슬렁거리고 수수깡에 얽힌 섬뜩한 동화를 생각하며 돌아오는 마을의 골목 사이로 순간순간 나타나던 두려운 어둠은 어느 후미진 마음의 무거운 죄가 되었을까. 마당 옆 조그마한 집 속에 겨울이면 산에서 내려오는 바람과 눈을 맞으며 얼어붙은 눌은밥 그릇을 핥던 개에 대한 그 최초의 연민과 사랑은 정처 없이 표박하는 시간과 함께 잠들지 못한다. 그리고 어느 먼 곳으로부터 가늘게 들려오던 그윽한 추억의 배후. 물 속에서 반짝이며 유영하던 가늘고 긴 물뱀. 싱싱한 버들가지들. 소문의 모든 것들. 어딘가 내면의 풍경 속에 자리 잡고 있을 그 기억들은 그때 그 장소에 자리 잡히지 않고 배급을 받아먹던 옥수수 빵처럼 부풀어 올랐다 가라앉았다. 가끔씩 비가 내리고 눈이 하얗게 덮여 있기도 했던 마을의 군부대. 그 산꼭대기에 있는 부대에도 노을이 깔려 온통 마을이 붉은색으로 변하면 제대하는 병사가 손을 흔들며 천천히 걸어 내려오다 뒤를 돌아다볼 때 구슬프고 혹은 감동적으로 울려 퍼지던 석별의 트럼펫 소리. 그리고 잠든 마을 위에 떠 있던 수많은 별들.

아득히 떠가는 한 척의 배

1972년 추첨에 의해 대전 동명 중학교에 입학하였다. 신설 학교였는데, 통학 거리가 멀어 고생이 이루 말할 수가 없었다. 버스에서 내려 시내를 건너고 산길을 가로질러 가는 험난한 길이었다. 2~3학년 시절 담임 선생님이 국어를 가르치고 귀여워하셨기 때문에 자연히 국어 과목에 신경을 썼다.

1975년 고등학교에 입학한 뒤 우연히 시 낭송회 구경을 갔다가 김기종이라는 고3 선배에게 붙들려 시조 시인이신 정훈丁薰 선생님과 그의 아드님이신 시인이자 문학평론가 정신丁迅

선생님이 지도하는 대전 연합 서클인 '머들령 문학회'에 들어간 것이 문학의 입구에 들어서는 순간이었다.

매주 토요일 오후 'ㄷ'자로 지어진 한옥에서 2년 동안 회장을 맡아가며 늙수그레한 선배들을 모시고 열띤 합평회를 열었다. 대전 문화원에서 개최한 시 낭송회 때면 박용래 선생님께서 축사를 해주셨다. 학교 문예부장을 맡으며 교내 백일장, 대외 백일장, 대학 주체 백일장 등에 얼굴을 자주 내밀다 경희대학교에 문예 특기생으로 입학할 수 있었는데, 독서실에서 4개월 이상 시만 써댄 덕분이었다. 그곳에는 이문재·안재찬(류시화)·박덕규·김형경·이혜경 등의 동기가 있었고, 박남철·고원정·김종회·하재봉·김용희 등의 선배들이 있었으며, 서하진·이산하·강웅식·문흥술·하응백 등의 후배가 있었다.

하숙집. 2층으로 오르던 낡고 녹슨 철제 계단은 컴컴하고 음험한 지옥의 아가리 같았다. 그 불면과 고통스런 참회의 공간. 십여 권의 대학 노트에 적힌 습작시들. 연애편지와 사진. 낡은 이불. 빨지 않은 옷. 밤늦게 돌아와 책상머리에 앉았을 때 빨갛게 타오르던 전구알. 삶은 아득히 떠가는 한 척의 배였다. 좀 더 많은 시간이 흘러 방황과 한때의 유혹들을 물리칠수도 있었지만 수많은 상처 뒤에 남은 상심과 상처를 씻기 위해 바쳤던 많은 열정과 분노들. 그리고 그 물결을 건너기 위해 바친 물 위에 띄웠던 어둡고 칙칙한 시들. 떠나는 것은 아득한 노을로 사라지고, 그 시간 뒤에 올 어둡고 삼엄했던 시간 앞에 어깨를 묻는다. 낡은 달력을 넘기면 그리운 기억들은 아무 두려움 없이 다가오고 그 기억 속에서 자란 무성한 풀과 끼니를 거를 때 들르던 술집 교차로, 그리고 왕다방·경희당구장·그

린하우스.

겨울이 왔다. 도서관 앞에는 곧 눈이 내릴 것 같은 칙칙한 날이 계속됐다. 졸업식에는 참석하지 않았다. 신춘문예를 투고해 놓고 집에 내려간 나는 졸업식 날 올라오라는 애인의 간곡한 편지를 받고도 하루 종일 방에 누워 잠만 잤다. 막걸리를 함께 마시고 트럭을 몰고 가던 기사가 두 사람을 치었다. 밤에 교외로 빠져나가려 하던 참이었다. 나는 보도블록에 힘이 빠져 퍼질러 앉아 있었다. 한두 사람 모이더니 얼마간 많은 사람들이 누워 있는 두 청년을 에워쌌다. 기사는 조수와 함께 도망쳤다. 무엇을 생각해 낼 수 있었을까. 나는 그들처럼 구경꾼이 되고 싶었다. 그때, 밤하늘의 별은 한 점 티 없이 맑게 반짝였고, 입간판들이 식당·보세가게·양장점이라는 것을 가리키고 있었다. 나는 힘이 빠져 일어설 수가 없었다. 슬픈 어머니, 등록금을 마련하려고 이 집 저 집 밤늦도록 꾸러 다니시던 슬픈 어머니를 나는 또 잠 못 들게 하는구나. 사람들은 나를 보도블록에 앉혀놓은 채 아까보다 더 두껍게 길 위에 널브러져 있는 두 청년을 에워쌌다.

그해 겨울에는 많은 눈이 내렸다. 그 깊이를 모르던 상처들이 에는 바람에 쓰리고 동시에 벌겋게 부풀어 오르기도 했다. 엎드려 메마른 시를 쓰던 가슴으로 출렁거리던 연민들, 이 방 저 방에서 콜록이는 기침 소리를 들으며 나는 새벽에 잠이 들곤 했다.

육신의 통점들

1982년 대학을 졸업하고 충남 당진군 송악면 가학리 송악

고등학교에 잠시 근무했는데, 이 학교는 심훈의 소설《상록수》의 배경이 된 한진漢津 바닷가와 그리 멀지 않은 곳에 있으며, 송악 중학교는 그 옛날 박용래 시인이 근무하며 〈가학리佳鶴里〉라는 시를 남긴 바가 있다. 1986년《경향신문》신춘문예에 조정권 시인의 예심과 정한모·박재삼 시인의 본심으로 〈꿈의 이동건축〉이 당선되어 문단 활동을 시작하였다.

1987년《시운동》에 들어가《시운동》이 해체되기까지 남진우·기형도·장정일 등을 만날 수 있었던 것은 오랫동안 자산이 되었다.

그리고 잠실 1단지 506호. 사람에게는 그리운 장소가 있는 법일까. 색 바랜 누런 벽과 비만 오면 지렁이들이 발갛게 기어다니고 쥐들이 죽어 나뒹굴던 그 빈한의 공간. 그 창밖으로는 키가 큰 나무가 있어 여름이면 매미가 종일토록 뜻 없이 울어주고, 가을이면 잎을 뚝뚝 떨어뜨려 책장에 꽂힌 책을 꺼내 읽을 때에는 왠지 모를 서러움을 한 움큼씩 가져다주던 공터의 부서진 의자와 성큼성큼 서 있던 나무들. 그러나 그곳은, 고통과 절망을 이기고자 했던 꿈을 꾸며 자던 눈부신 밀실이었다. 그리고 그 아름다운 추억들. 촛불을 밝힌 채 술을 마시고 잔다음 날의 아침. 아버지는 가끔씩 손에 딸기를 사 가지고 조용히 귀가하셨고 그 조용함 속에 물결치며 일렁이는 연민 때문에 가족들은 밤을 뒤척이며 쉽게 잠들지 못했다. 그리고 이따금 찌그러진 편지함에 꽂혀 있던 엽서들.

일이 끝나면 무작정 집까지 걸어갔다. 강남역, 동아극장 앞을 지나 영동사거리, 영동 사거리에서 삼정호텔과 봉은사를 지나 잠실에 이르거나 발길이 닿는 대로 걸어 집에 돌아왔다.

여름이면 얼굴이 새까맣게 그을려 집에서는 병이 생겼다고 염려하기도 했고, 겨울이면 얼어 터진 채 돌아와 말없이 이불 속에 발을 녹이기도 했었다. 그 돌아오면서 만나던 집과 다방, 그리고 몇몇 식당들. 저녁노을이 온갖 풍경들을 물들이고 있을 때 나는 지쳐 어둑해질 때까지 벤치에 기대어 있었다. 어머니가 시장에 가셨다 돌아오신다. 구부정한 허리와 유행 지난 옷을 입으시고 마주쳐 어색한 인사를 피해 천천히 어머니의 발자국을 따라 걸어간다. 황갈색 노을은 발갛게 어머니를 물들이고 있었다. 봄이면 진달래·개나리가 피고, 여름이면 무성한 그늘을 늘이던 그곳. 밤이면 괴로워지고, 그리고 그 충동에 가끔씩 기타를 치거나 하모니카를 불던 그 스물여덟. 실핏줄마다 뭉클하게 번져오던 삶의 잔뿌리들. 강남역에서 잠실까지 걸어오면서 느끼던 많은 것들은 무엇이었을까. 이제 고개를 넘어온 것처럼 아득하여 어느덧 망각 속에 사라져가고, 그때 꾸었던 많은 희망들은 서서히 봄날의 곳곳마다에 피어 있는데, 그 아득한 삶 속에 머리를 풀어헤친 채 육신의 아픈 통점에 닿는 넋의 이 황홀함은 무엇인가. 봉은사, 다사랑, 카페 프랑세스코, 도산공원, 아시아공원. 그리고 수백 번도 더 나가 거닐었던 잠실 선착장. 그 갖가지 장소에서 막힘없이 쏟아부었던 많은 시작 메모들. 그리하여 아득히 먼 꽃이 지는 이파리에 바람이 덮이고 그 위로 살갗까지 훑고 갈 듯한 피곤 속에서 때로는 정신에 깃든 어떤 힘을 모아 짙푸른 고뇌 끝에 반짝이는 풀싹 위에서, 공원 벤치와 다방에서 쓰지 않고는 견딜 수가 없었던 요설에 가까운 메모들. 이제 그것들의 행보를 따라가는 나 자신은 비록 다면적 구조를 가진 건물 모퉁이에서 검은 신들이 나타나 불쑥불쑥 괴롭힐지라도 부드러운 정적의 그 감미로운 전망 속에 서 있고자 한다.

내면의 뜨거운 꿈

1991년 시집 《꿈의 이동건축》, 1996년 《방랑은 얼마나 아픈 휴식인가》, 1999년 《사막의 별 아래에서》를 상재하고, 그간 《한국 문학 평론》 기획위원, 《현대시》 편집위원, 《시와 시학》 편집장을 거치면서, 1999년 《백석 시 연구》로 문학 박사 학위를 취득했다. 그리고는 다음과 같은 기록들.

모든 공기들이 긴장한 채 잔뜩 겁먹은 가로수를 지나 강 쪽으로 몰려가고 있었다. 딱딱한 차들이 강변을 달렸다. 잠시 후면 바람 끝에 펼쳐지는 강물을 볼 것이다. 그리하여 강의 대지에 쓸쓸한 유희들이 누운 채 강 하구 쪽으로 흘러갈 때쯤이면 하루에 지친 이들은 분주히 일과를 거두고 음악회를 찾아들거나 조용한 술집을 찾아가리라. 저녁 강을 바라본다. 산의 낮은 구릉 밑에 깃든 집들 사이. 네모반듯한 밭 위로 가끔씩 종류를 알 수 없는 은빛 영혼들이 펄럭이다 사라지는 것을 본다. 그 아래로 강에 가슴을 대고 누워 있는 겨울 들판. 무성한 걱정을 밭고랑 사이에 재우고 귀 시린 몸으로 입술을 달싹거릴 뿐 이제 조금 더 어두워지면 그 영혼도 불안하게 스스로와 투쟁하리라. 마치 모든 날의 원천이던 소망이 사라진 슬픈 가수처럼 마음 깊은 곳으로부터 음울한 노래에 잠겨 있으리라.

즐겁고 즐거운 나의 집. 잎이 떨어져 방 안에 굴렀다. 밤마다 후미진 기억의 기슭에서 어슬렁어슬렁 걸어 나오던 바람들은 모두 얼마나 될까? 비가 내릴 것 같이 음산하고, 사람들의 옷들도 온통 회색뿐이어서 봄이라고 느껴지지 않던 그 어느 해 3월. 날짜 지난 신문을 뒤적여 읽기도 했다. 그리고 갑사나 온양 같은 곳으로 떠날 생각으로 잠시 들뜨기도 했다. 안개 낀 아침 날의 갑사, 그 어떤 예감에 떨며 바라보던 그 가을날. 창밖에 후박나무 잎이 지던 여관의 그 가을날. 나는 많은 상처 입은 날들을 따뜻하게 보살펴주고 싶었다. 영혼의 밑바닥으로부터 뒤척이다 머리카락 흩날리며 달려오는 산발한 나날들을 조용히 불러 조용히 매만져주고 싶었다. 그러나 창에 낀 성애와 함께 내면의 뜨거운 꿈들은 겨울의 차가움에 밀려 얼어붙었고, 서슴없이 찾아온 절망은 내게 거만하게 굴었다. 산의 낮은 구름 위로 떼 지어 날아가는 새들이 보인다. 점점 어두워져 한두 개 불이 켜지는 강 건너의 집들. 안간힘을 써서 강물도 몸을 붙여 흘러가고, 나무들도 그의 시간 속에 빠져 이제 보이는 모든 것들은 서로 배척하거나 서로 싸우지 않는 한 묶음이 되어가고 있을 때 천천히 간다. 저 흐르는 강물은 난폭한 자성만을 주고 그의 힘만으로도 벽차 강의 하류로 천천히 흘러간다. 사방은 너무 조용하고 발자국 소리만이 표박하는 시간 속에서 거친 숨을 몰아쉰다. 그래 잠들거라. 취해 잠든 둥근 지붕들처럼 부유하는 상처들아. 구석진 영혼들아.

"새벽 총총한 걸음으로 오리라./ 기다리는 순절만으로도 행복한 날./ 날이 새면 기억하는 자의 가슴만 혹독한 멍이 들거늘 밤은 어찌 이렇게 바람만 안겨다주는지/ 끝끝내 살아 잊어버렸던 것들이 깨어오는 무렵/ 한밤 내 뒤척인 방 안으로는 쩡쩡히 눈시린 해./ 저 강 끝에서 불어오는 바람은 언제까지 갈대들을 눕히고만 있을 것인가./ 철새들도 어디론가 날아가고 물결만이 허허롭게 남아 있어 기다리는 자의 일렁이는 가슴을 닮아 머리를 날리며 서 있는 이곳./ 저 무리지어 날아가는 무심한 철새들이 알겠는가./ 돌아서지 않는 발길로 스스로의 중심으로 돌아간 뒤에라도/ 잔물결 이는 기슭의 갈대처럼 부스럭거리며 눕혀지지 않는 잠들을"(졸시 〈포구에서〉 전문).

빛을 관통해 가는 몸

그간 박사 학위 논문인 《백석 시 연구》를 다듬어 시론집 《낙원 회복의 꿈과 민족 정서의 복원》을 발간했으며, 평론집 《반성과 성찰》·《붉은 시간의 영혼》, 그리고 2004년에는 시집 《카프카와 만나는 잠의 노래》를 상재했다.

그리고 2005년 2월. 세상의 시름과 번뇌를 잊고자 무작정 차를 달렸던 추운 겨울날, 다산 정약용 생가가 있는 한적한 곳에 차를 멈춘다. 생가를 보기 위해서라기보다는 유유히 흐르는 북한강 자락을 끼고 하늘의 별을 볼 수 있어 자주 찾곤 하던 곳. 포장마차 카페에서 커피 한 잔을 사 들고 주인이 배려한 모닥불 앞에서 1970년대 통기타 가수들의 포크송을 들으며 혀가 데도록 커피를 마신다.

침묵하는 북한강물을 총총히 비추는 희미한 별빛과 딱딱 소리를 내며 분주히 불똥을 튀기며 타들어가는 모닥불에 삶을 반추해도 보고, 잊어야 할 것과 버려야 할 것들을 종이컵 속에 담아 모닥불 속에 던져버리고 정약용 생각에 미친다.

한때는 길 터였을 정약용의 생가는 북한강만큼이나 어둠 속에 고요히 웅크리고 있었다. 그속에서 고른 호흡으로 또박또박 글을 읽어 내려가는 소리가 들리는 듯하고 일정한 리듬의 책장 넘기는 소리, 청운에의 의지를 다지며 한 걸음 한 걸음 북한강변을 거니는 발자국 소리가 들리는 듯도 하다.

한때는 다산에게도 삶이란 만만한 것이었을지도 모른다. 그가 적어도 이곳에서 꿈꿨던 세상은 두 눈 부릅뜨고 맞설 수 있는 것이었을 테고, 열정 또한 꺾이면 꺾였지 휘어지지 않았을 것이었는지도 모른다.

스물여덟에 문과에 급제, 입신했던 다산은 12년 세월 동안 백성에게 추앙받는 학자요, 정치가였다. 그의 꺾이지 않는 의지대로 세상이 맞춰주고 있다고 보일 즈음, 극한의 좌절이 그를 향해 돌진한다. 부친의 묘소를 지나 유배지로 가게 한 임금의 은혜에 감읍하며 떠나는 그가 18년 세월 동안 기약 없이 유배지를 떠돌리라고 상상이나 했을까. 모든 입신양명을 뒤로 하고 중죄인이 되어 유배지로 향하는 그의 심정은 어떠했을까.

오늘날 사람과 사람 사이가 관절이 풀린 것처럼 서로에게 틈을 주지 않고, 틈이 있다 하더라도 따뜻한 사랑과 보살핌이 없는 우리에게 정약용의 생애는 엄정한 꾸짖음과 마음의 어떤 농밀한 것을 깨우치게 하는 바가 크다. 또한 문학의 정신과 시정신이 속화되어 가는 이즈음, 고독을 준열하게 치고 나가 부정의 극단에서 자신을 몰아치는 다산의 정신은 유약에 물든 우리들 정신을 깊이 있게 자성하게 만든다. 속화에서 비속으로, 그리고 절망에서 여명으로 나가는 정약용의 목소리는 귀를 연 자만이 들을 수 있는 것. 그리하여 희미한 별빛과 딱딱 소리를 내며 분주히 불똥을 튀기며 타들어가는 모닥불에게서도 치열한 삶은 뿜어져 나온다. 생각해 보면 나에게 글이란 어떤 정신의 뿌리와도 같다는 생각이 든다. 준열한 시정신, 내게 어떤 것이 있다면 강인한 영혼에서 솟구쳐 나오는 광휘의 것들을 붙잡아 그것이 무엇인지를 묻는 일이다. 삶과 운명이 번번이 나를 속이고 곁바람으로 갈 때 바람을 불러 세워놓고는 속이지 말라고 다그치는 일이다. 그리하여 또 빛이 있다면 나는 내 몸을 벼리어 빛을 관통해 나갈 것이다.

| 작품론 |

망각의 힘과 불온한 피
오형엽(문학평론가 · 수원대 국문과 교수)

박주택의 언술 방식은 그의 시에 몽환의 분위기, 불협화음의 문장, 그로
테스크한 이미지를 만들어놓는다. 때로 부자연스럽고 돌발적으로 느껴지
는 박주택 특유의 표현 양식이 어떤 내면적 필연성에 의해 생성되었는지
살피는 것은 그의 시를 이해하는 하나의 방법이 될 수 있다.

| 작가론 |

불협화음의 미의식과 열반의 정적
홍용희(문학평론가 · 경희 사이버대 문창과 교수)

박주택의 시적 언술이 주제론적 전언이 아니라 화법과 소재 및 형식 충동
을 통해 우리 일상을 살아 있는 그대로 포착하고 정서적 파문으로 충격하
는 미적 양식을 보여주고 있는 점은 우리 시의 미학적 지평을 새롭게 확
장하는 구체적인 가능성을 보여주고 있다.

망각의 힘과 불온한 피

―운명을 넘어선 도발적 파토스의 세계

> 박주택의 언술 방식은 그의 시에 몽환의 분위기, 불협화음의 문장, 그로테스크한 이미지를 만들어놓는다. 때로 부자연스럽고 돌발적으로 느껴지는 박주택 특유의 표현 양식이 어떤 내면적 필연성에 의해 생성되었는지 살피는 것은 그의 시를 이해하는 하나의 방법이 될 수 있다.

오형엽(문학평론가·수원대 국문과 교수)

무의식의 몽환적 분위기를 아우르는 박주택 시의 독법

박주택의 시를 이해하려면 일정한 독법이 필요하다. 일상적 현실의 풍경 속에 불합리한 마음의 파문이나 무의식의 흔적을 섞어놓는 박주택의 언술 방식은 그의 시에 몽환의 분위기, 불협화음의 문장, 그로테스크한 이미지를 만들어놓는다. 때로는 부자연스럽고 돌발적으로 느껴지는 박주택 특유의 표현 양식이 어떤 내면적 필연성에 의해 생성되었는지 살피는 것은 그의 시를 이해하는 하나의 방법이 될 수 있다. 이와 더불어 박주택 시에 반복적으로 형상화되는 핵심적인 이미지나 모티프들의 전체적 체계를 재구성하는 방법도 시도할 만하다. 이 글은 이 두 가지 독법을 활용하여 박주택 시를 읽는 하나의 방식을 시도하려 한다. 제20회 소월시문학상 수상작인 〈시간의 동공〉은 박주택 시의 핵심적 이미지나 모티프들이 결집되어 전체적 의미 구조를 이루고 있다는 점에서 미학적 완결성을 보여준다.

이제 남은 것들은 자신으로 돌아가고
돌아가지 못하는 것들만 바다를 그리워한다
백사장을 뛰어가는 흰말 한 마리
아주 먼 곳으로부터 걸어온 별들이 그 위를 비추면
창백한 호흡을 멈춘 새들만이 나뭇가지에서 날개를 쉰다
꽃들이 어둠을 물리칠 때 스스럼없는
파도만이 욱신거림을 넘어간다
만리포 혹은 더 많은 높이에서 자신의 곡조를 힘없이
받아들이는 발자국, 가는 핏줄 속으로 잦아드는
금잔화, 생이 길쭉길쭉하게 자라 있어
언제든 배반할 수 있는 시간의 동공들
때때로 우리들은 자신 안에 너무 많은 자신을 가두고
북적거리고 있는 자신 때문에 잠이 휘다니,
기억의 풍금 소리도 얇은 무늬의 떫은 목청도
저문 잔등에 서리는 소금기에 낯이 뜨겁다니,
갈기털을 휘날리며 백사장을 뛰어가는 흰말 한 마리
꽃들이 허리에서 긴 혁대를 끌러 바람의 등을 후려칠 때
그 숨결에 일어서는 자정의 달
곧이어 어디선가 제집을 찾아가는 개 한 마리
먼 곳으로부터 걸어온 별을 토하며
어슬렁어슬렁 떫은 잠 속을 걸어 들어간다
—〈시간의 동공〉 전문

이 시는 크게 1~5행, 6~15행, 16~21행의 3부분으로 구성되어 있다. 전반부는 배경으로서 "바다"를 제시하고 이 배경 위에 "흰말 한 마리"와 "별들"과 "새들"을 등장시킨다. '바다—흰말—별—새'로 이루어진 이미지 연쇄는 현실의 실제 풍경이라기보다는 환상, 즉 시적 비전을 하나의 풍경으로 제시한 것으로 볼 수 있다. "바다"는 일단 정처 없이 방황하는 영혼들의 고향이라고 볼 수 있지만, 그 내적 의미는 '물'의 '출렁거림'이 지닌 유동성을 고려해야 할 것이다. "백사장을 뛰어가는 흰말 한 마리"는 이 시의 중심 이미지로서 시적 비전을 대표하면서 후반부에 다시 등장한다. 그러면 '흰말의 질주'는 무엇을 의미하는가? 그리고 '흰말'과 결부되어 등장하는 "먼 곳으로부터 걸어온" "별들"과 "창백한 호흡을 멈춘" "새들"의 의미는 또 무엇인가?

전반부의 시적 비전은 중반부에 와서 상처받고 훼손되어 휘청거린다. "파도만이 욱신거림을 넘어간다"는 존재가 현실의 어둠에 부딪쳐 상처받음을 의미하고, "자신의 곡조를 힘없이/ 받아들이는 발자국"은 무력한 인간의 생애가 자신의 운명을 수락함을 의미하며, "가는 핏줄 속으로 잦아드는/ 금잔화"는 생명력의 소실을 의미하는 듯이 보인다. 이 모든 것을 낳는 원인은 "언제든 배반할 수 있는" "시간의 동공들"이다. '시간'은 검은 구멍을 열어놓고 모든 것을 빨아들여 존재와 생명을 낡게 하고 소멸시킨다. '기억'과 '망각'은 이 시간에 대한 저항과 복종에 다름 아니다. "너무 많은 자신을 가두고/ 북적거리고 있는 자신 때문에 잠이 휘"는 것은 자의식의 과잉으로 망각의 깊이에 들어가지 못하는 것이며, "기억의 풍금 소리도 얇은 무늬의 떫은 목청도/ 저문 잔등에 서리는 소금기에 낮이 뜨"
거운 것은 기억의 미약한 힘으로 시간의 운명에 저항하기 어
렵다는 의미를 보여준다.

이럴 때 시인은 후반부에서 "흰말 한 마리"에게 힘을 부여
하여 "갈기털을 휘날리며 백사장을 뛰어가"게 한다. "꽃들이
허리에서 긴 혁대를 끌러 바람의 등을 후려"친다는 문장은 박
주택 특유의 그로테스크한 표현이다. 이 문장은 "갈기털을 휘
날리며 백사장을 뛰어가는 흰말 한 마리"와 상호 침투적으로
읽을 때, 그 상황과 의미가 이해될 수 있다. 시적 자아가 흰말
을 풀어놓고 힘을 부여하여 달리게 하는 것이므로, "허리에서
긴 혁대를 끌러" "등을 후려"치는 "꽃들"은 시적 자아와 동일
한 존재이며, "바람"은 "흰말"과 같은 위상을 지닌다. 그런데
그 숨결에 자정의 "달"이 일어서고 "개" 한 마리가 등장한다.
"별을 토하며/ 어슬렁어슬렁 떫은 잠 속을 걸어 들어"가는 이
'개'의 의미는 또 무엇인가?

이처럼 〈시간의 동공〉은 '바다—흰말—별—새' (전반부)/
'시간—잠(망각)—기억' (중반부)/ '흰말—바람—개—별—
잠' (후반부)이라는, 박주택 시의 핵심적인 이미지나 모티프들
의 연쇄 구조로 이루어져 있다. 우리는 앞에서 던진 질문들에
대답하기 위해 혼재되어 있는 이미지나 모티프들의 의미 구조
를 해체하고 재구성하여 순차적인 질서로 가시화하고자 한다.

'운명'의 블랙홀: 시간의 동공

〈시간의 동공〉중반부에 등장하는 "시간의 동공"은 박주택
시를 지배하는 블랙홀이다. 박주택 시의 근저에 자리 잡고 있

는 환멸과 폐허 의식은 바로 이 시간의 흐름이 낳은 잉여물이며 결과물이다. 존재하는 모든 것이 시간의 흐름 속에서 훼손되고 소멸한다는 비극적 세계 인식은 시의 풍경에 온통 환멸과 권태의 흔적들을 덧칠해 놓는다.

(1) 어느덧 세월이었다, 눈과 귀를 이끌고 목마름에 서면
자주 가슴속을 드나들었던 침묵은 미처 못다 한 말이 있는 듯
가을을 넘어가고 열매만이 영웅의 일생을 흉내 낸다
저기 바람 불지 않아도 펼쳐지는 시간의 전집은
나의 것이 아니다
(중략)
시간의 젖은 늘어지고 시간으로부터 걸어 나온 환멸만이
거리를 메운다 어느덧 평화에 수감된 목쉰 주름에 섞여
눈보라 치는 밤 결빙의 발자국을 따라가다 언 몸을 녹이는
찻집 허름한 책을 비집고 나온 한 올 연기는
전생을 감아올리다 흰 문장으로 가라앉는다
　　　　　　　　　　　　　　　　　　　—〈독신자들〉 부분

(2) 저녁은 저렇게 쉬이 온다 이 저녁이 다하면
눈길에 서서 흔적 없는 옛 자취에
과거를 불러내기도 하리라 그때 사람들은 얼음의 뿌리가
두려워 그리운 이름을 불러도 보는 것
(중략)
눈 내리는 서울 또는 바람 부는 주유소 지붕 위로
눈이 쓸리면 시간의 아가리 속으로 걸어가는 사람들

침묵의 저편에 닿아 귀를 여는 사람들

저녁이 연신 평화를 불러대고 팔이 닿지 않는 세상이

얼음 위에 부르튼 이름을 새길 때

―〈저녁 눈〉 부분

(1)의 시작인 "어느덧 세월이었다"와 (2)의 시작인 "저녁은 저렇게 쉬이 온다"는 단정적인 어조로 시간의 흐름이 우리의 삶과 현실을 지배하고 있음을 알려준다. 세월은 시인에게 "목마름"과 '뉘우침'과 '수치'를 남기고, "환멸"만을 선사한다. '시간'은 존재와 생명을 검은 구멍으로 빨아들여 소멸시키고는 아무 말도 하지 않는다. 인간은 시간에 저항하지만 낡음이 가져오는 환멸과 침묵이 가져오는 불안을 견디며, 그 운명을 받아들일 수밖에 없다. 여기서 "목마름"과 "환멸"은 '시간의 침묵'이 낳은 것이기도 하지만, "평화에 수감"되고 "저녁이 연신 평화를 불러대"는 세상의 무기력한 안온이 낳은 것이기도 하다.

(1)과 (2)는 공통적으로 '시간의 동공'이 가져다준 환멸과 비애를 노래하고 있지만, 또한 이 시간의 운명에 저항하는 시적 자아의 모습을 보여준다. 이것은 (1)의 "눈보라 치는 밤 결빙의 발자국"과 "흰 문장", (2)의 "얼음 위에 부르튼 이름을 새길 때"에 나타나는데, 여기서 우리는 "눈"과 "얼음"의 이미지가 '비'나 '물'의 결빙인 까닭에 그 관계성에 주목할 필요가 있다. 그리고 이 "눈"과 "얼음"이 "흰 문장"과 "이름을 새길 때"에 나타나는 문자의 의미와 어떻게 관련되는지도 살펴보아야 할 것이다.

'기억'의 상징: 비와 눈, 그리고 별

박주택 시에서 시간의 운명에 저항하는 첫 번째 방식은 기억이다. 기억은 존재를 마모시키고 소멸시키는 시간의 작용에 저항하는 인간의 정신적 힘과 관련되어 있다. "저녁"(〈저녁눈〉), 혹은 "황혼"(〈황혼의 원정園丁〉)은 시간이 휩쓸고 간 현실의 공허한 공간에 추억의 그림자를 드리우는데, '비' 혹은 '물'은 이 추억을 출렁거리게 함으로써 기억을 부추기고 그것에 시인의 현재적 정서와 정념을 혼합시킨다.

> 횟집 처마 아래 비는 내리고
> 어둠 속 숨은 풍경 속으로 저녁 불 흘러내리고.
> 떠도는 말의 무늬들은 김 서린 수족관에 앳된 글을 새기고
>
> 배는 떠가고 꽃이 피려나, 여관旅館과 그 옆의 주점酒店은
> 온순해지고 항구港口는 비를 받아들이며 출렁거린다
>
> 바람이 침묵에 저를 가둘 때
> 반은 검고 반은 흰 저! 새들
>
> ─〈밤배〉부분

항구의 밤 풍경은 내리는 비로 인해 요동친다. "내리고" "흘러내리고" "출렁거린다"로 이어지는 서술어는 유동성을 지니면서 '비'와 더불어 '불'과 '항구'까지 흔든다. '비'가 지닌 이 유동성은 '바다'의 출렁거림과 결부되어 이 시 전체를 '밤배'처럼 어떤 상념의 아우라 위에서 흔들리게 한다. 박주택 시

에서 '물'의 이미지는 비루한 존재의 누추함을 드러내기도 하지만, 이 고독과 기다림을 내포한 채 출렁거려 새로운 전환을 가능케 하기도 한다. "반은 검고 반은 흰 저! 새들"은 바로 이러한 가능성의 상징일 것이다. 여기서 우리는 〈시간의 동공〉에서 배경으로 등장했던 "바다"는 이러한 의미를 지닌 '물'의 집합이며, 거기에 등장한 "새들"은 새로운 전환의 가능성임을 짐작할 수 있다. 그러나 "새들"이 보여주는 전환의 가능성은 시간의 침묵에 흡입되어 이내 사그라지고 만다. 이럴 때 시인이 시도하는 것은 '비'를 결빙시켜 '눈'을 만드는 작업이다.

"눈보라 치는 밤 결빙의 발자국을 따라가다"(〈독신자들〉)와 "얼음 위에 부르튼 이름을 새길 때"(〈저녁 눈〉)에 나타나는, '눈'과 '얼음'은 '비'와 '물'을 결빙시켜 생성되는 것이며, 여기에는 시인의 정신적 결의가 개입되어 있다. 이 의지는 강인한 정신의 집중을 통해 기억의 유동성에 닻을 내리고, 그것을 고정시키려는 노력을 의미한다. '별'은 이러한 의지의 상응물로서 시인의 발자국을 따라다닌다. "아주 먼 곳으로부터 걸어온 별들"(〈시간의 동공〉)과 "가자고 한다, 밤바다에/ 낮게 떠 있는 저 별"(〈배들의 정원〉)을 보라. '별'은 자칫 궁극적 가치로서 먼 곳에 상정되어 있는 이상理想으로 이해하기 쉽지만, '눈'과 '얼음'의 천상적 대응물로 기억의 유동성을 고정시켜 운명에 저항하려는 시인의 의지적 결정結晶으로 이해하는 것이 타당할 것이다. 〈배들의 정원〉에서 "가자고" 거듭 외치는 존재는 다름 아닌 시적 자아이며, 〈시간의 동공〉에서 "백사장을 뛰어가는 흰말" 위를 비추는 "별들"은 "제집을 찾아가는 개 한 마리"가 토해 내기도 하는 것이다.

'눈'과 '얼음'의 이미지에 "책"과 "문장", 혹은 "이름을 새기는" 기록의 행위가 결부되는 것은 이러한 정신적 의지와 관계되어 있다. 기억의 흐름을 고착시켜 시간에 저항하는 행위가 바로 문자로 문장을 써서 책을 남기는 일이기 때문이다. 그러나 이 '눈' '얼음'의 결빙과 '문자' 행위는 "허름한 책을 비집고 나온 한 올 연기는/ 전생을 감아올리다 흰 문장으로 가라앉는다"(《독신자들》)에서 보듯, 연기처럼 피어오르다 흰 문장으로 가라앉는다. "흰 문장"이란 무엇일까? 이것은 '기록'의 반대말인 '지워짐'을 의미하는 것이 아닐까. 박주택 시에서 '책'과 '문자'는 기억을 표상하지만, 한편으로 이 기억은 얼룩과 먼지와 연기처럼 시간의 흐름에 의해 퇴색되고 마모되는 운명을 피할 수 없다. 결국 시인이 추구하는 기억의 방식은 시간의 운명에 복속되고, 시인은 새로운 저항의 방식을 모색하게 된다. 이것은 "흰 문장"이 암시하고 있는 '망각'의 방식이다.

'망각'의 힘: 흰말과 바람

우회로를 돌아 이제 〈시간의 동공〉의 지배적 이미지인 "흰말"에 도달하였다. 〈시간의 동공〉의 초반부로 다시 돌아가 보자. 자기로 돌아가지 못한 것들이 동경하는 "바다"는 '물'의 집합으로서 추억과 기억의 저장소이며, 그 위에 떠 있는 "별"과 "새"는 기억의 유동성을 고정시키려는 시인의 의지적 결정이다. 여기서 "백사장을 뛰어가는 흰말 한 마리"는 시간에 저항하는 "기억의 풍금 소리"가 "떫은 목청"을 남길 때, 질주하는 힘과 속도를 통해 시간의 운명을 뛰어넘으려는 '망각'의 상징이다. 박주택은 최근에 상재한 네 번째 시집 《카프카와 만

나는 잠의 노래》에서 이 질주하는 '말'의 이미지를 보여준 바
있다.

> 나 다시 잠에 드네, 잠의 벌판에는 말이 있고
> 나는 말의 등에 올라타 쏜살같이 초원을 달리네
> 전율을 가르며 갈기털이 다 빠져나가도록
> 폐와 팔다리가 모두 떨어져나가
> 마침내 말도 없고 나도 없어져 정적만 남을 때까지
> ─〈카프카와 만나는 잠의 노래〉 부분

　잠의 벌판에서 말을 타고 초원을 달릴 때, 시인이 얻는 것은
소멸과 죽음에 이르러 그것을 무화시키는 시간의 압축이다.
이 시는 전율하는 에너지가 속도와 만나 시간이 압축되면서
주체의 소멸과 죽음까지도 초월하는 탈주의 한 방식을 극적으
로 보여준다. 이 '말'의 질주, 혹은 탈주 속에 깃들인 시간으
로부터의 이탈 의지는 자기 정체성을 정립하는 기억의 굴레를
벗어나 망각을 욕망하는 것을 의미한다. '망각'은 시간의 육
체 속에 내장된 저주와 망령을 무화시킴으로써 기억으로부터
벗어나려는 시도이다. "잠"은 이 '망각'으로 가는 징검다리이
며, 따라서 박주택 시에서 '잠' 혹은 '몽환'은 '망각'의 시적
비전을 현시하는 중요한 계기를 제공한다.
　시간의 운명으로부터 벗어나려는 이 "흰말"의 질주는 "바
람"의 이미지와 상통한다. 이것은 앞에서 "갈기털을 휘날리며
백사장을 뛰어가는 흰말 한 마리"와 "꽃들이 허리에서 긴 혁
대를 끌러 바람의 등을 후려칠 때"를 상호 침투적으로 읽어야

한다고 말했을 때 이미 암시되었다. "바람이 침묵에 저를 가둘 때"(〈밤배〉)와 "오래된 침대는 운명의 것이었지/ 바람의 것이 아니었다"(〈문틈에 바침〉)에서도 제시되는, 시간의 침묵과 대립하는 이러한 '바람'은, 그러나 또 다른 의미의 '바람'으로 맥락을 바꾸어 나타난다. "나는 적거謫居에 숨어들어 바람을 불러들이고/ 희망을 빙자해 기쁨을 다른 곳으로 데려갔다"(〈주름의 수기〉)와 "이윽고 바람이 서식지를 잃은 듯 주름을 늘이며 다가올 때"(〈명태〉)에서, '바람'은 생을 그르친 어떤 희망, 혹은 죽음의 냄새를 풍기는 시간의 주름으로 형상화되기도 한다. 이처럼 망각의 힘을 내장한 '바람'이 무기력한 모습을 보여주는 것은 왜일까? 이는 '흰말'의 시적 비전이 섬광처럼 스치는 순간에 머무르는 데 비해, "시간의 아가리"(〈저녁눈〉)가 벌리고 있는 침묵은 영속적이기 때문이며, 한편으로는 망각에 이르려는 "잠"이 "너무 많은 자신을 가두고/ 북적거리고 있는 자신 때문에" "휘"(〈시간의 동공〉)기 때문이다. 이런 상황에서 박주택이 보여주는 저항의 방식은 '불온한 피'의 '미친 노래'이다.

'불온한 피'의 노래: 도발적 파토스

〈시간의 동공〉의 후반부를 다시 보자. "흰말"의 질주가 보여주는 '망각'의 힘과 속도가 지속되지 못할 때, 시인은 "달"을 보여주고, "개 한 마리"를 등장시킨다. "꽃들이 허리에서 긴 혁대를 끌러 바람의 등을 후려칠 때"라는 문장은 흰말, 혹은 바람의 질주가 자동적으로 원활히 이루어지는 것이 아니라, 어떤 영웅적 의지와 노력에 의해 촉발된다는 의미를 내포하고 있다. 그렇다면 이 문장 자체에 이미 흰말 혹은 바람의 질주가 연속되지 못하고 힘을 잃을 것이라는 예감이 스며 있다고 보아야 할 것이다. "그 숨결에 일어서는 자정의 달"은 "별"과는 달리 '비'나 '물'의 이미지에 가까우며, 따라서 기억의 유동성을 다시 되살려놓는다.

그러나 곧이어 등장하는 "개 한 마리"는 의미심장하다. "제 집을 찾아가는" 회귀의 모습은 "떫은 잠 속"이 보여주는 불완전한 망각의 의미를 가지면서도, "먼 곳으로부터 걸어온 별을 토하"고 있기 때문이다. "떫은 잠"은 흰말의 질주를 통해 시도한 '망각'이 실패함으로써 생겨난 결과인데, 이 떫은 잠 속을 걸어 들어가며 별을 토해 내고 있는 '개'의 모습은 실패를 자신의 운명으로 삼아 그것을 밟고 넘어서려는 어떤 도발적 파토스를 보여준다. 이 '개'는 누명을 뒤집어쓴 채 생의 치욕을 자신의 육체로 삼으며 시간의 침묵과 처절히 싸우는 시적 자아의 분신일 것이다. 기억과 망각이 충돌하며 휘감기는 몸의 회로를 잠과 몽환의 어법으로 들려주는 박주택의 시는, 이 지점에서 '불온한 피'의 노래를 들려주게 된다. '개'가 입에 문 거품처럼 회한과 분노와 서글픔을 동반한 '피의 노래'는 박주택 시의 불온성을 적나라하게 보여준다.

황혼
곧 날이 저물어 오면 더러운 피는
사정없이 솟구쳐 오를 것이다 나무 뒤에서
귀를 막으며 육체에 주소를 두고 있는 불평과
술 취한 봄꽃과 끝에서 끝으로 불어오는 바람에게

시들어버린 어깨 죽지를 맡기고 있는 사람들은
황급하게 닫히는 골목을 멍하니 바라볼 것이다
불온은 저토록 질기어 용서의 노래를 이기고
어떤 이의 옷을 흔들다 주름에 가 둥글게
시간을 말아 올릴 것이라, 더러운 피는
어디서 불어와 옷가지를 흔드나? 옷가지를 흔든 뒤
왜 황혼과 섞여 골목을 빠져나가는가?
　　　　　　　　　　　　—〈황혼의 원정(園丁)〉 부분

　황혼에 솟구쳐 오르는 "더러운 피"는 "육체에 주소를 두고
있는 불평"과 "술 취한 봄꽃"과 "끝에서 끝으로 불어오는 바
람"과 "시들어버린 어깨 죽지를 맡기고 있는 사람들"을 깨우며
"불온"의 노래를 부른다. 이 '불온의 노래'는 시간의 운명과
그것이 가져다주는 생의 치욕과 기억의 누추함과 망각의 좌절
까지도 자신의 운명으로 받아들이면서 그것에 저항하는 방식
을 의미한다. 그리하여 이 '불온한 피의 노래'는 "독을 품은 채
/ 터질 듯이 부풀어 있을" "가로수"나 "알 수 없는 오기를 저장
한 채 입을 앙다문/ 굴"(〈굴〉)처럼, 독기를 품은 채 부풀어 있는
기괴한 이미지들을 산출해 낸다. "주름에 가 둥글게/ 시간을
말아 올릴" 이 '질긴 불온의 노래'는, 시간에 대한 저항과 복속
이라는 박주택 시의 주제가 기억과 망각의 회로를 거쳐 어떻게
검은 버섯처럼 독기를 품은 복잡한 시의 주름으로 피어났는지
알 수 있게 한다. 박주택 시 특유의 언술 방식인 몽환의 분위
기, 불협화음의 문장, 그로테스크한 이미지는 이러한 내면적
필연성에 의해 생성된 것이다.

불협화음의 미의식과 열반의 정적
―박주택의 시세계

박주택의 시적 언술이 주제론적 전언이 아니라 화법과 소재 및 형식 충동을 통해 우리 일상을 살아 있는 그대로 포착하고 정서적 파문으로 충격하는 미적 양식을 보여주고 있는 점은 우리 시의 미학적 지평을 새롭게 확장하는 구체적인 가능성을 보여주고 있다.

홍용희(문학평론가 · 경희 사이버대 문창과 교수)

신화적 미분성과 격정의 파토스

박주택 시세계의 원적은 신화적 미분성이다. 인간과 자연, 주체와 대상 간의 위계 서열적인 문명의 질서가 열리기 이전의 전일적인 신화적 상상력이 그의 시세계의 출발이며, 궁극적인 종착으로 존재한다. 그리하여 그의 시편들은 잠시도 일상의 현실 원칙에 적응하고 안주하지 못한다. 그의 시세계의 음조는 대체로 실낙원의 상처와 현실과의 불화로 인한 불안 · 우울 · 방황 · 격정으로 뜨겁게 달구어져 있다. 그래서 그의 시적 체온은 늘 고열에 시달리고 있다. 그리고 이러한 고열은 그의 서로 다른 계열의 시적 질료들까지 용해시켜 한자리에 수평적으로 병치 · 배열 · 응축시킨다. 그래서 그의 시세계에는 세속과 신성, 삶과 죽음, 의식과 무의식, 인간과 자연, 이성과 감성, 현재와 과거 등이 동시적으로 엇섞여 서로 몸바꿈을 하며 활성화되는 양상을 보인다.

또한 이러한 그의 시적 양상은 세계의 존재성에 대해 가시적인 영역뿐만이 아니라 가시적인 영역을 생성·규정·반사하는 비가시적 심연의 무한까지 동시적이고 입체적으로 묘파하는 특성을 지닌다. 그의 시적 방법론에 해당하기도 하는 이러한 다성적인 동시성과 입체성은 우리 시사의 주류를 이루는 단정하고 단일한 서정의 정제미와는 뚜렷한 거리를 둔다. 그의 시 세계가 한편으로 매우 깊고 신비한 울림을 주면서도 비교적 낯설고 난해하면서 달뜬 모습으로 다가오는 주된 까닭이 여기에 있다.

신화적 상상력의 근원, 꿈·방랑·별·잠의 숲

박주택 시세계의 이와 같은 존재론적 특성은 4권의 시집《꿈의 이동건축》(1991)·《방랑은 얼마나 아픈 휴식인가》(1996)·《사막의 별 아래에서》(1999)·《카프카와 만나는 잠의 노래》(2004) 등을 일관되게 관류하고 있다. 이 점은 시집 제목에도 선명하게 자리 잡고 있는 "꿈/ 방랑/ 별/ 잠" 등의 어사에서 볼 수 있듯, 공통적으로 현실 원칙의 지배 질서가 비교적 이완된 밤의 시각과 몽상의 공간이 주조를 이루고 있다. 다만 첫 시집에서는 좀 더 직접적으로 신화적 상상력의 활력이 전면에 분출되었다면, 두 번째와 세 번째 시집에서는 신화적 원시성의 역동이 침잠하면서 각각 세속 도시에 대한 배회와 "존재하는 것들의 사이"(《사막의 별 아래에서》, 〈자서〉)의 안팎의 풍경을 헤집고 있는 양상이 두드러진다.

물론 여기에서 배회란 일상성의 주변을 맴도는 허랑한 걷기가 아니라 현실 세계의 견고한 질서 체계의 태연함을 과시하는 몸짓으로 외면하고 부정하는 "아픈 휴식"이다. 한편, 네 번째 시집은 "생애의 지도"가 자연의 이미지와 깊숙이 어우러지면서 활달한 신화적 상상력으로 확산하는 양상을 선명하게 보여 준다. 이렇게 보면, 그의 시세계는 비교적 근자에 오면서 오히려 첫 시집의 신화적 역동성과 한층 가까워지는 면모를 볼 수 있다.

　이와 같은 그의 독특한 시적 개성은 1986년 데뷔작 〈꿈의 이동건축〉에서부터 분명하게 전언되고 있다.

　　뽑힌 노을은 동東쪽 하늘에 머물러 있을 것인가.
　　창포 꽃잎이 티눈처럼 손바닥에 퍼지고
　　귀에 잡힌 푸른 공기, 푸른 목숨이 서럽게 느낄 무렵
　　가슴속 얽혀 있는 내 생애生涯를 점치리라.
　　별을 보며, 넓적다리에 진득거리는 절망을 떼어다오.
　　어제처럼 노을 위에 누울 때
　　까마귀 떼 내 발밑으로 돌아와 눕고

　　무릎 사이로 말할 수 없이 많은 강물이 빠져나가 시
　　방, 내 앞을 지나가는 사랑 앞에 서면 반딧불보다 더 빛
　　나는 나뭇잎들, 산이 되는 바람에 의해 숲을 건너온 강
　　물은 팽팽한 슬픔을 만드는데
　　나는, 흡반으로 길고 먼 바다를 빨아들인다.
　　　　　　　　　　　　　　　　　　―〈꿈의 이동건축〉 부분

8연의 장대한 형식으로 이루어진 이 시편의 시상의 흐름은 장엄하면서도 분주하고 유려하다. 그것은 제목에서도 시사하고 있는 것처럼 정태적인 건축물까지도 동적인 이동의 대상으로 치환되고 있기 때문이다. 정박과 이동, 고정과 변화의 이항 대립적 변별이 완전히 무화되어 있다. 시인이 "식물들, 그들은 한 마리의 물고기로 헤엄쳐 왔다"(《아침나무 그림자가 나의 오른손 부위를 지날 무렵》)라고 어느 시편에서 노래하고 있는 것처럼, 코스모스의 분별과 계열화 이전의 카오스적인 신화의 세계인 것이다. 그래서 위의 시편에서 시적 화자와 자연은 일원론적인 연속성·순환성·관계성의 그물망 속에 놓인다. 시적 화자가 자연스럽게 "푸른 공기"의 느낌에서 자신의 운명을 읽고 있고, "흡반으로 길고 먼 바다를 빨아"들이기도 한다. 또한 자연과 자연의 관계 역시 이와 동일하여서 "바람"이 "산"으로 몸바꿈을 하는 장관을 펼쳐내고 있다.

이러한 신화적 상상력은 궁극적으로 시적 대상의 존재성을 우주적 근원의 동일성 속에서 지각하고 감각화하는 견성의 자세와 연관된다. 박주택의 시세계에서 빈번하게 나타나는 사물의 외양에 대한 관찰이, 돌연 사물의 존재의 뿌리와 근원의 아픔에 대한 직시와 그 주변의 시공의 어우러짐을 파지해 나가는 점은, 바로 이와 같은 근원적이고 전일적인 견성의 시적 인식과 방법론에 해당한다.

비선형적인 다시점의 입체화

그의 시 창작의 방법론에 대한 좀 더 실감 있는 이해를 위해 잠시 시차를 건너뛰어 최근의 시 한 편을 읽어보기로 하자.

하늘은 푸르고 제비꽃이 왕릉 잔디에 무리지어 피어 있었다
뿌리들은 어느 마음의 끝 땅속에 내려
이토록 질긴 목숨으로 얽혀 있을까
바람이 지나가면 그 흔들림만큼 흙 속을 엉켜드는
목숨들 두 번의 생이 있다면 아름다움이 다투어 묶이는
창문에 나가 동터오는 집의 입구를 바라볼 것이다
어머니 자욱이 뿌리를 뻗어 풍경들을 바라보신다
꽃과 나무 사이 긁힌 정적의 모퉁이를 도는
아버지 그림자 바라보신다

　　　　　　　　　　　　　　　　　—〈헌인릉 가서〉 부분

"헌인릉" 풍경에 대한 소묘이다. 그러나 이것은 결코 심미적
구도의 통일성 속에 배열된 풍경화가 아니라 소실점이 흩뿌려
져 있는 다면체의 입체화이다. 왕릉 주변의 푸른 하늘과 무리
지어 피어 있는 제비꽃의 경관을 묘사하던 시인은 돌연 "어느
마음의 끝 땅속에 내"린 뿌리들의 얽힘에 주의를 기울인다. 그
리고 이것은 자연스럽게 "목숨"과 "생"의 이면과 그 속성에 대
한 지각을 파생시킨다. 이러한 시적 묘사는, 이를테면 관찰하
는 풍경이 아니라, "뿌리를 뻗어" 통찰하는 풍경이다. 그래서
시적 대상에 대한 감지 역시, 시각뿐만이 아니라 온몸의 통감
각으로 이루어진다. 아버지 그림자의 배경에 대해 "꽃과 나무
사이 긁힌 정적의 모퉁이"란 표현에는 주관적 대상화가 아니
라 몸성 감득의 어감이 배어 있다. "꽃과 나무 사이 긁힌" 모습
의 묘사가 감각적 심상의 산물이라면, "정적의 모퉁이"란 몸성
으로 느끼는 정서적 반영물에 해당한다.

이와 같은 비선형적인 다시점의 입체화에 해당하는 창작 방법론은 박주택 시세계의 중심 지대를 관류하는 존재 원리로서 일관되게 나타난다. 이러한 시적 방법론을 좀 더 상술하면 신화적 미분성의 시적 원형성이 다시점의 입체적 양식으로 발현되고 있는 것으로 정리된다.

치열한 생의 욕망과 열반의 정적

그렇다면, 그가 신화적 미분성, 혹은 다성적인 구상화의 방법론을 통해 추구하는 궁극적인 시적 지향점은 무엇인가? 그것은 시적 방법론에서 이미 암시되고 있는 것처럼, 이성적이고 합리적인 위계 서열에 대한 부정과 함께 내밀한 연속·합일·통합의 생명적 본능과 충동에 대한 열망으로 정리된다. 박주택에게 현실계의 이성적·합리적 가치의 위계 서열화는 사물의 다채로운 차이 소멸에 바탕을 둔 비동일성의 동일화 억압 기제로 인식된다. 따라서 그의 시세계는 "주체할 수 없는 억압의 도도함"(《꿈의 이동건축》, 〈벽〉)에 대한 피해 의식과 〈악신의 계절〉 혹은 〈악령의 도시〉(《방랑은 얼마나 아픈 휴식인가》)의 지난한 불협화음의 기록물이며, 동시에 그로부터 출발하는 간절한 신생의 욕망이다. "너와 나는 금지의 팻말이 붙어 있는/이 구역에 들어와 있다"(《방랑은 얼마나 아픈 휴식인가》, 〈모반의 사랑 1〉) 는 감금과 닫힘의 인식이 팽창할수록 그의 생의 충동은 무한 극단으로 솟구치게 된다.

삶을 열고자 할 때 물이 붙잡혀 있는 것을 보네
새들이 지저귀어 나무 전체가 소리를 내고

덮거나 씻어내려 하는 것들이 못 본 척 지나갈 때
어느 한 고개에 와 있다는 생각을 하네
나 다시 잠에 드네, 잠의 벌판에는 말이 있고
나는 말의 등에 올라타 쏜살같이 초원을 달리네
전율을 가르며 갈기털이 다 빠져나가도록
폐와 팔다리가 모두 떨어져나가
마침내 말도 없고 나도 없어져 정적만 남을 때까지
　　　　　　　　　　—〈카프카와 만나는 잠의 노래〉 부분

"삶을 열고자 할 때", 지금 이곳에서는 흐르는 "물"마저도
"붙잡혀" 감금되고 응고되고 경직되고 있음을 새삼 발견한다.
"새들이 지저귀어 나무 전체가 소리를"낸다. 이때 "새"의 지저
귐이란 감금으로부터 해방의 숨통을 향한 시적 화자의 응축된
삶의 절규와 몸부림을 가리킨다. 그렇다면, "물"마저 "붙잡혀
있는" 감금의 현실에서 벗어날 수 있는 방법은 무엇인가? 이러
한 물음 앞에 시적 화자는 "다시 잠에" 든다. 잠은 그를 신화적
무한의 세계로 인도한다. "잠의 벌판에는 말이 있고/ 나는 말
의 등에 올라타 쏜살같이 초원을 달"린다. "전율을 가르며 갈
기털이 다 빠져나가도록" 질주하는 말의 가속도는 생의 욕망
의 열도를 가리킨다.

　이때 생의 욕망의 극단은 역설적으로 죽음이다. "폐와 팔다
리가 모두 떨어져나가/ 마침내 말도 없고 나도 없어져 정적만
남"는 지경에 도달하고자 하는 것이다. "정적만"이 존재하는,
절대 무無의 세계에 이를 때, 감금과 속박의 현실세계로부터의
완전한 초탈이 가능하다. 따라서 "정적"이란 탈속의 열반을 가

리킨다. 열반의 경지는 현실계의 외적 억압뿐만이 아니라 스스로의 자기 검열, 통제, 번민으로부터도 완전히 벗어난 자유자재의 지대를 가리킨다. 실제로 박주택 시세계의 궁극적인 도달점은 열반의 "정적"이다.

다시 말해, 그의 시적 어조의 전반을 물들이고 있는 불안·우울·방황·격정의 파토스는 그 자체로 절대 무의 "정적"을 향한 역동적인 에너지로서의 의미를 지니기도 하는 것이다. 또한 이와 같은 열반의 정적은 어떤 단절·고립·불연속으로부터도 자재로운 영역이란 점에서 그의 시적 원형성을 이루는 신화적 미분성과 직접 상통한다.

한편, 이와 같은 원초적인 "정적" 혹은 죽음 충동은 역설적으로 현실 원칙의 다채롭고 내밀한 억압상과 불온성을 극명하게 반사시키는 역할을 감당한다. 이 점은 우리 시사에서 적극적으로 논의되고 의미 부여되어야 할 중요한 문제적 사항이다. 다시 말해, 그의 시세계는 주제론적인 층위에서 리얼리즘적 저항의 담론을 구사하지 않고 있지만, 누구보다 우리의 주변 일상에 산재하는 미시적 권력으로부터의 억압상을 내밀하게 추적하여 충격을 주고 있으며, 생태적 담론을 내세우고 있지 않지만 누구보다 극명하게 반생명적인 요소에 질식하는 인간과 사물의 고통을 정서적으로 호소하고 있는 것이다. 물론 때로는 그의 시적 언술이 지나치게 추상적인 사물화로 치닫는 양상을 드러내고 있는 것도 사실이지만, 그러나 주제론적 전언이 아니라 화법과 소재 및 형식 충동을 통해 우리의 삶의 일상을 살아 있는 그대로 민감하게 포착하고 정서적 파문으로 충격하는 미적 양식을 보여준다는 점은 우리 시의 미학적 지평을 새롭게 확장하는 구체적인 가능성을 지니고 있다는 점에서 지속적인 관심을 환기시킨다.

유안진
불을 마신다 외

1941년 경북 안동 출생
서울대 교육심리학과 및 동대학원, 미국 플로리다 주립대 박사과정 졸업
1965년 《현대문학》으로 등단
시집 《달하》 《절망시편》 《달빛에 젖은 가락》 《영원한 느낌표》 《누이》
《봄비 한 주머니》 《다보탑을 줍다》, 수필집 《지란지교를 꿈꾸며》 등
한국펜문학상·정지용문학상·월탄문학상 수상
현재 서울대 소비자아동학부 교수

불을 마신다

잔을 비운다, 불세례를 기다리는 갈증에 불붙어
피는 불꽃 번지는 불길, 불기둥들 솟구친다
나의 감옥, 가슴 어디 깊은 유전油田에도 불붙어
매장량 무한정의 원유原油, 검은 눈물 치솟아 소리치고
묶인 쇠사슬 채워진 쇠고랑도 녹아내린다

마침내 소돔과 고모라가 불타오른다
매복된 다이너마이트 뭉치들
나 이상도 나 이하도 아니던 내가
터지고 폭발하여 무너지며 타오르는 아수라장

잿더미엔 분명 소돔과 고모라가 재건되겠지만
한밤중 혼자 불을 마시는 성결聖潔의 의식儀式
눈꺼풀 밀고 나오는 소금물 한 방울의 고요를 노리며
물로 된 불의 잔, 잔을 비운다 비운다
고통이 황홀로 재탄생되는 순간의 갈증
불에 목마른 밤, 그런 밤이 있다.

비 가는 소리

비 가는 소리에 잠 깼다
온 줄도 몰랐는데 썰물 소리처럼
다가오다 멀어지는 불협화不協和의 음정音程

밤비에도 못다 씻기니 희뿌연 어둠으로, 아쉬움과 섭섭함이
뒤축 끌며 따라가는 소리, 괜히 뒤돌아다보는 실루엣, 수묵으
로 번지는 뒷모습 가고 있는 밤비 소리, 이 밤이 새기 전에 돌
아가야 하는 모양이다

가는 소리 들리니 왔던 게 틀림없지
밤비뿐이랴
젊음도 사랑도 기회도
오는 줄은 몰랐다가 갈 때 겨우 알아차리는
어느새 가는 소리 더 듣긴다
왔던 것은 가고야 말지
시절도 밤비도 사람도…… 죄다.

박수갈채를 보낸다

춘설은 차라리 폭설暴雪이었다
겨울은 최후까지 겨울을 완성하느라 최선을 다했다
핏뎅이를 쏟아내며 제철을 완성하는 동백꽃도 피다 진다

칼바람 속에서도 겨울과 맞서 매화는 꽃피었다, 반쯤 넘어
벙글었던 옥매화는, 폭설을 못 이겨 가지째 휘어지다 끝내는
부러졌다

겨울 속에 봄은 왔고 봄 속에도 겨울은 있었다
두 시대가 동거해야 하는 불운은 늘상 앞선 자의 몫이다
정작 봄이 무르익을 때는 매화는 이미 꽃이 아니다
앞서 가는 자는 항상 이렇다
불행하지 않으면 선구자先驅者가 아니다

지탄指彈받는 수모受侮 없이 완성되는 시대도 없다
춘설도 동백꽃도 꽃샘추위도
제 시대를 완성하고 죽는 바로 그 후구자後驅者들.

사막이 운다

주변머리가 없거든
소갈머리는 있어야 했는데
밴댕이 소갈머리쯤이라도 가졌어야 했는데

개밥의 도토리도
어물전의 꼴뚜기도
살아남으려면
주변머리도 소갈머리도 다 없어야만
바람 앞의 촛불도 꺼지지 않았고
백척간두百尺竿頭 한 걸음도 모래밭에 떨어졌는가

바늘귀를 통과하면 더 좁은 바늘귀
통과할 때마다 낙타가 되었느니

슬퍼서 울던 때도 그리워지는 오늘은
몸이 우는 모래바람 소리
지나온 사막도 눈물바다였고
걸어갈 사막도 마른 울음바다인데
눈물도 무거워 기화氣化되지 못하고 모래알로 굳어져
눈에도 몸에도 따갑다 쓰리다
모래알 서걱이는 눈꺼풀을 치뜨고

서러워 서러워서 몸이 몸이 운다
모래바람 분다
사막보다 더 사막이 된 낙타가 운다
지친 퇴직자가 운다.

코의 화법話法

할 말 다하며 사는 아무도 없지
대들어 따지지 못하고 번번이 삼켜야 했던
잠자면서도 내뱉는 깊은 속 깊은 사정 헤아려지고말고
잠 못 드는 밤일수록
누구도 대신 불러줄 수 없는 자장가를 스스로 불러주며
제 자신을 잠재우는 외로움도 알 만하고말고

사노라 아첨도 거짓도 담아낸 입이 아닌
입의 이웃이 대변해 주는지
날 새는 줄 모르는 열심스런 고백성사告白聖事이겠지만
누구나 제 몫의 고독은 스스로 해결하며 살지만
눈의 언어 눈물처럼 손짓발짓 언어처럼
때로는 입보다도 코의 말이 더 아프고 눈물겨웁지만

나 모르는 암호와 외계어 방언이
나의 고백성사가 되지 못하는 우리는 따로 몸
나의 자장가도 되지 못하는 따로 마음의 나는
이 밤도 너무너무 힘들어.

갇힌 자의 자유, 울음

길섶의 돌부처는 아침이면 젖어 있곤 한다

불상佛像에 갇힌 세월 천 년 넘어 더 넘어, 무존재로 존재할
수 없어 탄식하던 나를 가둬 놓고, 너희는 득도 해탈하여 자유
로웠는지 몰라도, 갇힌 나는 갇힌 득도 해탈로 이목구비 가까
스로 놓아 보낸 몸뚱어리뿐, 나의 참 해탈은 모습 없이 존재하
는 것, 그러나 불성佛性마저 안 담긴 무존재일 순 없다면, 최소
한 태어난 그대로의 막돌멩이로 굴러다니는 것, 아무것도 아
닌 것의 자유로움을 누리는 것

　　너무 오랫동안 내게 허용된 유일한 자유는
　　운다는 것
　　갇힌 자가 할 수 있는 게 무엇인가
　　알프레드 드 뮈세처럼
　　밤이면 울었다는 것*
　　아직도 뮈세보다 더 자주 운다는 것
　　때 없이 울어서 저절로 울음 공양이 되는
　　그 자유뿐.

---

*프랑스의 시인 알프레드 드 뮈세Alfred de Musset(1810~1857)의 시 〈비애〉
중 한 구절. 23세 때 30세의 조르주 상드와 사랑에 빠져, 베네치아에 갔다가
뇌막염을 앓던 중, 상드가 뮈세의 주치의와 사랑에 빠지자, 혼자 귀국하여 4
개월간 방 속에 틀어박혀 울기만 하며 〈밤〉이란 연작 장시를 썼고, 〈세기아
의 고백〉에서 이 내막을 폭로했다고 한다.

메아리의 몸집

수수만만 년을 떠돌며 들어온
수수만만 년을 떠돌며 불러온
애절하고 구성진 애간장의 노랫가락
웃음이자 울음인 요상스런 목청과
산마을과 강마을 떼어도 놓고 붙여도 주던, 산의 산 메아리
들과 강의 강 메아리들이 다 모인 메아리들의 집, 기어코 번듯
하고 번지르르한, 몸 하나로 태어나고 말았구나, 얻어맞기 위
하여 생겨났다는 듯이, 한 주먹만 쥐어박혀도 한나절 반이나
울음 우는

지지지잉~ 지지지이이잉잉잉~

쇠망치로 제 가슴 치던 무수한 멍 자욱에
얽은 곰보, 방짜 징이 될 수밖에 없었던, 저마다의 가삼 가
삼… 가슴… 가슴들이
한 목청 한 곡조로 울어도 웃어도, 도리 없이 박자가 어긋
나는
징!
어디 한번 때려봐
석 달 열흘 장마가 든다는—.

주름 잡으며 살아왔다네

누워서 먹고 싸는 젖아기가
어느 날 갑자가 제 몸을 스스로 뒤집었다는
젊은 엄마의 자랑을 듣고 듣다가
제정신이 뒤집혀지는 사랑 끝에 생긴 아기는
그 힘을 물려받아 제 몸을 뒤집는가 하다가

뒤집어엎어야 놀라운 자랑거리가 되고말고
내게도 그런 꿈이 있긴 있었는데
세상을 통째로 뒤집어엎고 싶었던
피 끓던 한때가 분명 있었는데
세상이 어디 그리 호락호락하던가
뒤집어엎을 그 꿈을 뒤집어엎느라고
결국은 팽팽하던 얼굴만 뒤집혀지고 말았지

뒤집혀서 주름 잡힌 얼굴을 비쳐 볼 때마다
세상은 비록 뒤집어엎지 못했을망정
내 인생 하나만은 뒤집어엎었다고
세상을 주름잡으며 살아오진 못했을망정
내 얼굴 하나만은 주름 잡으려 살아왔다하네.

입 없는 돌

돌은 입이 없어 먹이사슬에서 벗어난 줄 알았는데, 아득한 저 시대에는 돌도 입을 가져 먹고살았는가, 돌이 먹은 수억만 년 전의 동식물들이, 소화되지도 못한 채 미라가 되어 박물관에 모였다

입을 가진 돌은 아직도 먹어야 사는가, 전시장 수석壽石에는, 먹어온 천둥과 번개 강물과 바닷물, 달과 별빛 눈 서리와 비 안개가 보인다, 물과 바람과 짐승의 소리까지, 더러는 소화되고 더러는 변형된 채 훤히 내비친다 얼비친다

온몸으로 삼켜 먹고도, 입 없는 듯 입을 감춘 돌, 보리매미 울음조차 핥아빨아 마시고, 시침떼며 살찐 몸에 자욱진 문양, 돌의 몸 돌의 색깔도 그의 식욕食慾이었다, 고요는 아니었다.

나를 만나러 너에게 간다

하마터면 밟을 뻔한 풀밭 귀퉁이 끝에, 초등학교 적 화단의 채송화 피었다, 붉고 흰 꽃송이를 정수리 층층으로 피워 올린 접시꽃 발치쯤, 새빨간 벼슬 모자 높이 쓴 맨드라미 뒤꿈치에서, 그냥 잡풀이던 앉은뱅이 채송화가

지상에서 지하와 가장 가까운 곳에, 땅 위에서 가장 낮은 자리에, 피었다 빨갛게 하얗게

내가 바로 너다
누가 말했고 누가 들었지?
나의 여기가 너의 고지高地다
너의 거기가 나의 오르막이다
누가 말했고 누가 들었는지 무슨 상관이야

높아진 적 없을수록 낮은 데가 높은 거기, 하얗게 되기 위해 빨갛게 되려고, 오늘도 나를 만나러 너에게 간다, 너여야만 하는 나를 만나러, 성당聖堂 뜰을 올라간다.

권혁웅
고장 난 자전거 외

1967년 충북 충주 출생
고려대 국문과 및 동대학원 졸업
1996년 《중앙일보》 신춘문예(평론), 1997년 《문예중앙》 신인상(시)으로 등단
시집 《황금나무 아래서》, 시론집 《한국 현대시의 시작방법 연구》
《시적 언어의 기하학》 등
현대시동인상 수상
현재 한양여대 문창과 교수

고장 난 자전거

고장 난 자전거, 낡아서 끊어진 체인
손잡이는 빗물에 녹슬어 있었네*
고장 난 자전거, 한때는
모든 길을 둥글게 말아 쥐고 달렸지
잠시 당신에게 인사하는 동안에도
자전거는 당신의 왼쪽 볼을
오른쪽 볼로 바꾸어 보여주었네
자전거는 6월을 돌아 나와
9월에 멈추어 섰지
바퀴살 위에서 햇살이 가늘게 부서지네
내가 그리는 동그라미는
당신이 만든 동그라미를 따라갔지
우리는 한 번도 멈추지 않았지만
계절은 곧 바뀌었네
고장 난 자전거, 9월은 6월을 생각나게 하네*
뜯어진 안장은
걸터앉았던 나를 모를 테지만
녹슨 저 손잡이는 손등에 닿은 손바닥을
기억하지 않겠지만

---

* 노래 〈Broken Bicycle〉에서

마징가 계보학

1. 마징가 Z

기운 센 천하장사가 우리 옆집에 살았다 밤만 되면 갈지자로 걸으며 고래고래 소리를 질렀다 고철을 수집하는 사람이었지만 고철보다는 진로를 더 많이 모았다 아내가 밤마다 우리집에 도망을 왔는데, 새벽이 되면 계란 프라이를 만들어 돌아가곤 했다 그는 무쇠로 만든 사람, 지칠 줄 모르고 그릇과 프라이팬과 화장품을 창문으로 던졌다 계란 한 판이 금세 없어졌다

2. 그레이트 마징가

어느 날 천하장사가 흠씬 얻어맞았다 아내와 가재를 번갈아두들겨 패는 소란을 참다못해 옆집 남자가 나섰던 것이다 오방떡을 만들어 파는 사내였는데, 오방떡 만드는 무쇠 틀로 천하장사의 얼굴에 타원형 무늬를 여럿 새겨 넣었다고 한다 오방떡 기계로 계란빵도 만든다 그가 옆집의 계란 사용법을 유감스러워했음에 틀림이 없다

3. 짱가

위대한 그 이름도 오래가지는 못했다 그가 오후에 나가서한밤에 돌아오는 동안, 그의 아내는 한밤에 나가서 오후에 돌아오더니 마침내 집을 나와 먼 산을 넘어 날아갔다 어디선가

누군가에 무슨 일이 생겼다 그 일이 사내의 집에서가 아니라면 산 너머에서 생겼다는 게 문제였다 사내는 오방떡 장사를 때려치우고, 엄청난 기운으로, 여자를 찾아다녔다 계란으로 먼 산 치기였다

4. 그랜다이저

여자는 날아서 어디로 갔을까? 내가 아는 4대 명산은 낙산, 성북산, 개운산 그리고 미아리 고개, 그 너머가 외계였다 수많은 버스가 UFO 군단처럼 고개를 넘어왔다가 고개를 넘어갔다 사내에게 역마驛馬가 있었다면 여자에게는 도화桃花가 있었다 말 타고 찾아간 계곡, 복숭아꽃 시냇물에 떠내려 오니… 그들이 거기서 세월과 계란을 잊은 채… 초록빛 자연과 푸른 하늘과… 내내 행복하기를 바란다

애마부인 약사略史

1대代

고개를 좌우로 꼬며 말을 달리는 고난도 기술을 선보인 안소영(1982)에 관해선 이미 말한 바 있다 침대에 누운 그녀가 말 탄 꿈을 꾸는 것인지, 말을 모는 그녀가 침실 꿈을 꾸는 것인지, 중3이 다 말할 수야 없었지만, 동시상영관은 돌아온 외팔이와 안소영 때문에 후끈 달아올랐다

2대代

오수비(1983)는 바다로 갔다 그녀는 젖은 몸으로, 몰려오는 파도를 다리 사이로 받으며, 파도보다 큰 소리를 지르곤 했다 파도야 어쩌란 말이냐 날 어쩌란 말이냐 청마青馬의 시구를 그 때 배웠다 고1 때 일이다

3대代

김부선이 말죽거리 떡볶이 집에서 권상우를 유혹할 때 (2004) 나는 기절할 뻔했다 나도 권씨지만 그녀를 피하고 싶은 마음은 조금도 없다 씨름선수 장승화의 들배지기에 자지러지는 그녀(1985)를 본 고3 때부터 지금까지, 내내 그렇다

4대代

이후의 애마부인(1990~)에 관해서는 잘 알지 못한다 나는

더 이상 연소자가 아니었으니까, 도처에서 여자들이 말 타고 출몰했다는 게 맞는 표현이다 다만 김호진(1990)처럼 ROTC 애마보이가 되고 싶기는 했다 그 후로는 나도 애마도 주마간산이었다

9대代

진주희(1993)의 운명처럼 말이다 아, 어찌하여 애마의 도道는 일본으로 흘러갔는가? 애견부인(1990)은 또 뭐란 말인가? 드라큘라 애마(1994), 애마와 백수건달(1995), 애마와 변강쇠(1995)에 이르기까지, 우리는 끝없는 연애담과 지리멸렬 속으로 빠져들었다

외전外傳

애마는 파리에도 가고(1988) 집시도 되었지만(1990) 정작 애마부인을 가르친 정인엽은 지금 삼겹살집 주인이다 애마 아래 남편, 애마 위에 애마보이, 그 위에 나… 우리는 그렇게 불판 위에서, 납작하게, 지글거렸다 어마뜨거라, 소리 지르며 한 시절을 지나왔다

미키마우스와 함께

미키, 밤마다 머리 위에서 머리 속에서 놀던
미키, 내 대신 천장에 오줌을 지렸던
그러던 어느 날, 장롱을 넣기 위해 천장을 뜯었더니
중원中原에 진출한
미키, 나와 함께 밥을 먹고 옷을 입고 시집을 읽던
미키, 옷장을 열면 조그맣고 말갛고 분홍빛을 띤
바글바글한 새끼들
미키, 쥐약을 놓았더니 옛다, 너 먹어라
삼 개월 된 강아지의 사지를 쫙 펴주었던
미키, 어느 날 화단 뒤에 숨어 오도 가도 못하고
뜨거운 물을 흠뻑 뒤집어쓴
미키, 마침내 연탄집게를 입에 물고
대롱대롱 딸려 올라온
그래서 우리에게 막다른 골목이 어디인지
가르쳐준

방광에 고인 그리움

서울시 성북구 삼선동 산 302번지
우리 집은 십이지장쯤 되는 곳에 있었지
저녁이면 어머니는 소화되지 않은 채
꼬불꼬불한 길을 따라 귀가하곤 했네
당신 몸만 한 화장품 가방을 끌고, 새까맣게 탄 게
쓸개즙을 뒤집어쓴 거 같았네
야채나 생선을 실은 트럭은 창신동을 지나
명신 초등학교 쪽으로만 넘어왔지
식도가 너무 좁고 가팔랐기 때문이네
동네에서 제일 위엄 있고 무서운 집은
관 짜는 집,
시커먼 벽돌 덩어리가 위암 같았네
거기 들어가면 끝장이라네
소장과 대장은 얘기할 수도 없지
딱딱해진 덩어리는 쓰레기차가 치워갔지만
물큰한 것들은 넓은 마당에 흘러들었네
넓은 마당은 방광과 같아서
터질 듯 못 견딜 상황이 되면
사람들은 짐을 이고 지고 한꺼번에 그곳을
떠나곤 했던 것이네

내 사랑 유자 씨

저기 머리통 하나 굴러간다
노랗게 질려서, 내 사랑 유자 씨 굴러간다
진초록 잎을 매단 치마 솔기 말아 쥐고
재게 발을 놀리며, 덩굴째 굴러간다
연탄집게를 손에 들고 유자 씨 아버지 쫓아간다
이년아, 누가, 너더러… 술 먹고,
돈 벌어, 오라고… 아버지 뒷말은
급한 숨이 잘라먹고
아이고, 여보, 밥이나 들고… 어머니 뒷말은
고갯마루가 잘라먹고
유자 씨 뒤도 안 돌아보고 굴러간다
유자 씨 동생은 대학생,
외출 때마다 동생 대신 들고 다니던
통계학개론 책도 버려두고
내 사랑 유자 씨 굴러간다
난닝구 차림의 아버지, 밥주걱을 든 어머니,
그 뒤에 울고불고 떠드는 동생 셋을 줄줄이 매단
넌출을 끌고
저기 대학생 유진 씨 굴러간다

---

*〈내 사랑 유자C〉: 웅진식품의 음료수 이름

슈퍼맨

1

넓은 마당에 버드나무슈퍼가 있었다 주인은 대단한 사내였다 낮에는 백발에 기역자로 굽은 허리를 하고 있다가 밤이 되면 새까만 머리에 꼿꼿한 허리로 일어섰다 주인이 둘이고, 둘이 부자父子라는 건 나중에 알았다 버드나무슈퍼에서는 밤낮이 바뀌었을 뿐인데 25년이 흘렀다

2

봄이면 젊은 주인이 나무를 탔다 간판을 가린다며 짧고 굵은 가지를 가리지 않고 잘라냈다 몸통만 있는 버드나무, 늘어진 가지로 마당을 비질하지 못하는 버드나무, 평상에 그늘을 드리우지 못하는 버드나무, 슈퍼란 이름에 세 들어 사는 버드나무가 거기에 있었다

3

하얀 얼굴에 긴 생머리를 한 여자가 있었다 낮에는 며느리, 밤에는 아내가 되었던 여자, 버드나무 늘어진 가지를 치렁치렁 머리에 붙인 여자였다 그러던 그녀가 미련 없이 출가했다 단골손님들이 여자만 찾은 게 문제였다 주인은 역시 대단한 사내였다 여자 위에 올라타서는, 긴 생머리를 싹둑싹둑 잘라버렸다

4

그건 여자의 두 번째 출가였다 상한 우유를 먹고(그 많던 우유 가운데 어떻게 상한 우유를 골라냈을까?), 몇 주 동안 설사를 하느라 가게를 비운 적이 있었던 것이다 그 다음에는 늙은 주인이 슈퍼를 떠났다 버드나무 가지에 노란 등이 걸렸다 사내의 성이 김씨라는 걸 그때 알았다 그렇게 25년이 흘렀다

5

얼마 전 우연히 그곳에 들렀다 슈퍼엔 젊은 주인이 떠나고 늙은 주인이 돌아와 있었다 대단한 사내였다 그 먼 곳에서 25년을 건너 어떻게 돌아왔을까? 어쩌면 여자도 환속했을지도 모른다, 다시 가지를 낸 저 버드나무처럼 긴 생머리를 늘어뜨린 채 앉아서 상한 우유를 골라먹고 있을지 모른다고 나는 잠깐 생각했다

김선우
돌에게는 귀가 많아 외

1970년 강원도 강릉 출생
강원대 국어교육과 졸업
1996년 《창작과비평》으로 등단
시집 《내 혀가 입 속에 갇혀 있길 거부한다면》
《도화 아래 잠들다》
현대문학상 수상

돌에게는 귀가 많아

귀가 하나 둘 넷 여덟
나는 심지어 백 개도 넘는 귀를 가진 돌도 보았네
귀가 많은데 손이 없다는 게 허물될 것 없지만
길 위에서 귀 가릴 손이 없으면 어쩌나
나도 손을 버리고 손 없는 돌을 혀로 만지네
이 돌은 짜고 이 돌은 시네
달고 맵고 쓴 돌 칼칼한 돌 우는 돌
단 듯한데 실은 짜거나
쓴 듯한데 실은 시거나
혀끝을 골고루 대어보아야
돌이 자기 손을 어떻게 자기 몸속에 넣었는지
알 수 있네 무미무취라니!
무취한 사람이 없는 것처럼
귀가 많으니 돌이야말로 맛의 궁전이지
당신이 가슴속에서 꺼내 보여준
막 쪼갠 수박처럼 핏물 흥건한 돌덩이
맵고 짜고 쓴데 귀 가릴 손이 없으니
내 입술로 귀를 덮네
입술 온통 붉은 물이 들어
어떻게 자기 귀를 몸속에 가두는지 보라 하네

그 많은 밥의 비유

밥상 앞에서 내가 아, 입을 벌린 순간에
내 몸속이 여전히 깜깜할지 어떨지
희부연 미명이라도 깊은 어딘가를 비춰줄지 어떨지
아, 입을 벌리는 순간 췌장 부근 어디거나 난소 어디께
광속으로 몇 억 년을 달려 막 내게 닿은 듯한
그런 빛이 구불텅한 창자의 구석진 그늘
부스스한 솜털들을 어루만져줄지 어떨지

먼 어둠 속을 오래 떠돌던 무엇인가
기어코 여기로 와 몸 받았듯이
아직도 이 별에서 태어나는 것들
소름끼치게 그리운 시방+方을 걸치고 있는 것

내 몸속 어디에서 내가 나를 향해
아, 입 벌리네 자기 해골을 갈아 만든 피리를 불면서
몸 사막을 건너는 순례자같이

그대가 아, 입을 벌린 순간에
내가 아, 입 벌리네 어둠 깊으니 그 어둠 받아먹네
공기 속에 살내음 가득해 아아, 입 벌리고 폭풍 속에서
비리디비린 바람의 울혈을 받아먹네
그대를 사랑하여 아, 아, 아, 나 자꾸 입 벌리네

뒤쪽에 있는 것들이 눈부시다

해변 풀밭까지 내려온 어미말은 둥그마니 잘 갈라진
바위틈에 코를 들이민 채 한나절을 푸르릉 조을고
아기말은 흰 구름에 홀려 있다가도
어미말의 크낙한 엉덩이 사이로 푸릉푸릉 코를 들이밀고
봄 들꽃 환장하게 피었는데 섬은 자기 심장을 쿵쿵 쳐대며
자맥질하는 바다의 둥근 어딘가에 자꾸만 코를 들이밀고
나는 말방울을 까맣게 잊은 채 새로 핀 꽃들의 옴팡하니 깊은
엉덩이에 코를 들이밀고 냄새를 킁킁거리다가
눈부셔 혼음에 겹곤 하는 것이다
이 섬이 처음 생겨날 때 어미의 가랑이
뒤쪽에서 뭉개져 흐르던 것들의 냄새
새봄마다 조금씩 풍겨 나오는지 내가 돌보던 말들
대지에 코를 박고 연신 킁킁거린다
아무렴 뿌리는 저 속에 두었으니 꽃은 뒤쪽에 자리한 사원
이지
엎드려 읽는 경전이 중심까지 달뜬 채 깊은 것이다

사릿날

아무래도 오늘은 사릿날,
음력을 쓰지 않는 지구 남쪽 끝섬에서
달점을 쳐 보지 않아도 알 수 있는 것
벙글던 몸이 만삭이다가 그대를 낳고 난 아침
내가 다시 순결한 황무지인 것 바닷가 사람들은
잠,이라고 말하네 밀물과 썰물의 시간을
석 잠째 혹은 넉 잠째라고 더러는 아주 깊어
여섯 잠째의 밀물이 썰물져 가기도 하네

깊은 썰물이 몸속을 돌아 나가
달의 소음순에 밀물져 닿는 아침,
대지를 향해 열린 닫힌 문을 통과해
달에 사는 물고기 떼 미끄러져 오는 동안
인간의 지느러미가 스쳐간 문 속의 문들
해저처럼 푸르네 아무도 이 문을
통과하지 않고선 숨 얻을 수 없으니
이제 막 해변에 닿은 구유 속에는 아직
태어나지 않은 별들이 처음처럼 끓고 있네

아무래도 오늘은 사릿날,
달이 지구를 이처럼 사모하지 않았으면

지구의 시간은 계절 밖을 떠돌았을 것이니
금이 간 뼈를 보름처럼 구부리고
파도를 밀며 끌며 오는 사랑아 이 섬 어딘가
죽음보다 질긴 사랑이 있어
우리가 낳은 혼례의 어린 몸들 깊으니
일곱 잠째의 밀물이 이번 생엔 없는 것이어도
다음 생의 첫잠으로 올 것을 아네

---

*사리: 음력 매달 보름과 그믐날 달의 인력이 커져 조수가 가장 높게 들어오
  는 때

화염도시
—고로쇠나무에게 바침

불구경 간다 불구경 가
불 속에 으즈러지며 날아오르는 그림자 본다
누구라도 지옥 한두 개쯤 무릎 아래 가져보지 않았겠는가
누구라도 한번쯤
불구덩이 속으로 몸 던지고픈 순간이
도둑처럼 찾아들곤 하지 않았겠는가
아름다운 너에게도 있지 않았겠는가

때가 되면 나무들은 몸을 기대고
서로의 몸을 비벼 불타기 시작할 것이니
몸 전체로 불구덩이였던 나무들은 안다 전설이란
오래 울어 충혈된 꽃눈의 폭풍
피 묻은 동공의 실어증 같은 것
불 타는 나무들의 도시로부터
그을린 뜨거운 혀들이 내 귓속으로 흘러들어

보라, 자신의 문명을 불태우기 시작한 숲들
가장 나중의 임종은 밖에서 오는 것이 아니니
문명은 비워진다 보라, 사람아
모든 문명이 惡이어서라기보다
극점에 도달하면 비워야 하는 것이

지구의 종교이기 때문이다
수억만 년 수수수억만 년 전부터

불구경 간다 불구경 가
아주 오래도록 제 몸의 피를 짜내어
사람을 먹이던 어미아비의 검은 유골 삭정이 본다

내 몸속에 잠든 이 누구신가

그대가 밀어 올린 꽃줄기 끝에서
그대가 피는 것인데
왜 내가 이다지도 떨리는지

그대가 피어 그대 몸속으로
꽃벌 한 마리 날아든 것인데
왜 내가 이다지도 아득한지
왜 내 몸이 이리도 뜨거운지

그대가 꽃피는 것이
처음부터 내 일이었다는 듯이.

제비꽃밥

오래 앓고 난 다음 할머니는 게장을 찾았고 할아버지는 단고기를 찾았다

식음을 폐하고 앓다 막 자리 털고 일어나려 할 때 닥쳐오는 첫 입맛의 신비, 나는 제비꽃밥을 생각하곤 했다

이 빠져 버려진 사기 종지로 소꿉을 놀던 어린 날 흙 한 주먹 고슬고슬하게 담고 연필 깎는 칼로 종종 썰어 흙밥 위에 얹곤 했던

제비꽃, 개망초, 달맞이꽃, 원추리꽃, 냉이꽃, 쑥부쟁이, 아카시아, 꿀꽃, 맨드라미, 민들레, 마타리꽃······

온갖 들꽃들로 꽃밥을 지어

엄마가 된 어린 나는 이 빠진 종지를 밥상 위엔 듯 반반한 차돌 위에 올려 놓고 웃옷 앞자락에 두 손을 엄마처럼 닦으며 말하곤 했지

자, 어서 먹어. 먹고 얼른 나아야지.

소녀여, 겁 먹은 눈이 사슴처럼 크단 너에게 간밤 제비꽃밥을 건네다가 총소리에 깼다

팔레스타인의 지도자 야신이 이스라엘의 미사일 폭격으로 살해당했다는 뉴스를 들은 밤이었고 깨진 문장들이 피 묻은 총탄처럼 내 손목을 훑고 지나갔다

살해당했다! 순간, 소녀여, 네가 이 빠진 종지에 총탄을 담

는 것을 보았다 네 언니 오빠들이 가슴에 화약을 안고 검은 외
투를 입는 것을,

키를 낮추어 네 크단 눈을 들여다 본 후 솜털이 말간 네 귀
뒤에 흰보라 제비꽃을 꽂아주고는 볼에 마지막 입맞춤을 하는
것을, 마지막 인사를 전하는 것을,

너는 이렇게 살지 마. 이담에 네가 컸을 때는, 소꿉 종지에
총탄 같은 거 모으지 마.

피 묻은 깨진 문장들이 손금 위를 흘러간다,

누구에게나 죽음은 두려운 것이다, 자신의 몸에 폭탄을 감
고 불을 긋는 것밖에는, 최소한의 자존을 지키기 위해 그렇게
밖에는 할 수 있는 게 없다면, 자기 몸밖에는 아무것도 가진
것이 없다면!

돌아서는 이들의 창백한 이마에서 피 묻은 꽃잎이 져 내린다,

누가 함부로 그들의 뒷모습을 향해 악,이라는 문장을 완성
하고 누가 함부로 마침표를 찍는가, 사랑할 권리는 누구에게
나 절실하다,

힘 있는 자가 먼저 총을 버릴 수는 없는가, 가진 자가 먼저
사랑할 수는 없는가, 그것이 죄 많은 현대의 속죄의 양식이다

분분한 꽃잎들, 피 묻은, 내가 그들의 엄마였다면 눈물로 그

들을 말렸겠지만

　내가 그 땅의 딸이었다면, 전쟁과 폭격 속에 난민의 유배지를 떠돌아야 한 그 땅의 아들이었다면 나 역시 폭탄을 몸에 감고 검은 외투를 입었을지 모른다,

　너에게 마지막 입맞춤을 해야만 했는지 모른다, 오 마주하고 싶지 않은 피 묻은 문장들,

　이담에 네가 컸을 때는 꽃밥을 지어. 총탄 같은 거 만지지 말고……

김완하
허공이 키우는 나무 외

1958년 경기도 안성 출생
한남대 국문과 및 동대학원 졸업
1987년 《문학사상》으로 등단
시집 《길은 마을에 닿는다》 《그리움 없인 저 별 내 가슴에 닿지 못한다》
《네가 밟고 가는 바다》, 비평집 《한국 현대시의 지평과 심층》
《중부의 시학》 등
현재 한남대 문창과 교수

허공이 키우는 나무

새들의 가슴을 밟고
나뭇잎은 진다

허공의 벼랑을 타고
새들이 날아간 후,

또 하나의 허공이 열리고
그곳을 따라서
나뭇잎은 날아간다

허공을 열어보니
나뭇잎이 쌓여 있다

새들이 날아간 쪽으로
나뭇가지는,
창을 연다

허공은 나무들의 집

나무들은 새 몇 마리 풀어놓고
허공 위로
허공 위로
몸을 쏘아 올린다
잠시 출렁이던 몸이
허공을 딛고 일어선다
새들 쪼아대다 날아간
가지 끝 좁은 허공이
더 넓은 허공을 쓸어안으면
보이지 않는 뿌리
허공의 땅에 길을 내고
푸른 잎새들 팔을 뻗어
하늘 깊숙이 손을 묻는다
그러면 허공은
단단히 잠겼던 빗장을 풀고
부드러운 바람을 놓아준다

비로소 허공은 나무들의 집
그 집으로 새들 다시 찾아든다

우도牛島

멀리 두고 온 섬 하나
검은 소처럼 누워 있다
뱃구럭이 탱 탱 불었다

그래, 나는 어젯밤
저 소 등을 타고 잠을 잔거야

어둠 속 저 소 한 마리
큰 바다를 다 빨아들였다
파도를 껴안고
밤새워 뒤척이던 소 울음소리

스물세 살의 여름

구름 낀 세상을 뒤로하고
산으로 스며들었다
마을로 가는 길 끊어진 채
한여름 땡볕 아래
어디로 갈지 길 잃었다
내 몸은 열에 떴다

그런 날이면 나는
조심조심
억새풀 숲을 향해 갔다 거기엔
내게 없는 길
마음 놓고 닿을 수 있는
숲이 하나 있었기 때문이다

한 발 한 발
옮길 때마다
오리나무 싸리나무들
세상에서 볼 수 없는
화려한 몸짓으로
내 영혼에 꽃불을 당겨놓았다

그해 여름

화분

하나의 나라가 있다
얼마 되지 않는 흙 속,
뒤엉킨 뿌리로
자리 다투는 세력이 있다
지난 가을 황국 화분을
연구실 창밖에 내놓고
돌보지 못했다
한겨울 그 위로 푹푹 눈이 쌓이는 줄
모르며 지냈다
일 년 지나 문득 생각나서 보니
황국을 몰아내고
두 그루 버들
갈대 세 줄기
그들만의 집을 지었다
갈대는 어느새 칼날로 서고
버들은 낭창낭창한 허리로
회초릴 들어 허공에 휘둘러댔다
하나의 세력을 몰아내고
또 하나의 세력이 지배해 버린
화분 속의 고요가
겨울 한복판을 칼질하고 있다

사랑 노래

새싹으로 돋는 음표들로
나 다시 노래 쓰리니
이제 붉디붉은 꽃잎으로 날아가
이 굳게 닫힌 시대의
가파른 담장 허물고
푸른 새벽빛 닿지 않는
어둠의 가시밭 쓸어내리니
싸늘한 절망의 그늘 사르는
사랑의 노래 다시 쓰리니

너와 나 손 굳게 잡아
사랑의 꽃잎 피워 대지를 밝히리니
그동안 얼마나 기다렸는가
무관심과 냉대의 바람 속에
숨겨온 가파른 분노,
이제 그대 향해 시위를 겨눈
나의 사랑

봄이 와도 겨울 껴안고
대지 깊숙한 곳까지 스미면
그제야 마음 풀게 하는 희망의 향기

그대여 우리가 피우는 꽃
이 땅의 작은 비탈에서
따뜻한 봄 흠뻑 머금자

이제 다시 사랑의 노래 쓰리니
이 시대 갇힌 밤 골목에
새벽으로 열리는 시간을 위해
붉디붉은 사랑의 꽃잎
새 별빛으로 타올라
어둔 밤을 걷는 이들의 길이 되자

구름다리

아지랑이 피는 봄 언덕에서
멀리 강을 바라보니
다리 없는 강물 위로
봄바람이 나무와 풀꽃 데리고
강 건너고 있다
작은 토끼풀 따라서 강 위를
뛰어가고 있다

가까이 다가가서
강물 들여다보자 뒤챈다
쟁, 쟁, 쟁 소리를 낸다
삽시간에 구름 징검다리
송사리 떼처럼 흩어져 버린다

강 저편으로 나무와 풀들
바쁜 걸음 재촉하며 사라지자
구름도 맞잡은 손을 풀어 버리고
바람이 달려와 물살을 일군다

봄날 꽃들 강 건너갈 때면
꽃들은 구름다리 밟고 건너고

강은 구름 징검다리로 건너는데
나는 뒤따르지 못하고
강기슭에 오래도록 서성인다

문태준
벌레시사詩社 외

1970년 경북 김천 출생
고려대 국문과 졸업
1994년 《문예중앙》으로 등단
시집 《수런거리는 뒤란》 《맨발》
동서문학상 · 노작문학상 수상

벌레시사詩社

시인이랍시고 종일 하얀 종이만 갉아먹던 나에게
작은 채마밭을 가꾸는 행복이 생겼다
내가 찾고 왕왕 벌레가 찾아
밭은 나와 벌레가 함께 쓰는 밥상이요 모임이 되었다
선비들의 정자亭子모임처럼 그럴듯하게
벌레와 나의 공동 소유인 밭을 벌레시사詩社라 불러주었다
나와 벌레는 한 젖을 먹는 관계요
나와 벌레는 무봉無縫의 푸른 구멍을 사랑하기 때문이다
우리의 유일한 노동은 단단한 턱으로 물렁물렁한 구멍을 만
드는 일
꽃과 잎과 문장의 숨통을 둥그렇게 터주는 일
한 올 한 올 다 끄집어내면 환하고 푸르게 흩어지는 그늘의
잎맥들

가재미

　김천의료원 6인실 302호에 산소마스크를 쓰고 암투병 중인
그녀가 누워 있다
　바닥에 바짝 엎드린 가재미처럼 그녀가 누워 있다
　나는 그녀의 옆에 나란히 한 마리 가재미로 눕는다
　가재미가 가재미에게 눈길을 건네자 그녀가 울컥 눈물을 쏟
아낸다
　한쪽 눈이 다른 한쪽 눈으로 옮겨 붙은 야윈 그녀가 운다
　그녀는 죽음만을 보고 있고 나는 그녀가 살아온 파랑 같은
날들을 보고 있다
　좌우를 흔들며 살던 그녀의 물 속 삶을 나는 떠올린다
　그녀의 오솔길이며 그 길에 돋아나던 대낮의 뻐꾸기 소리며
　가늘은 국수를 삶던 저녁이며 흙담조차 없었던 그녀 누대의
가계를 떠올린다
　두 다리는 서서히 멀어져 가랑이지고
　폭설을 견디지 못하는 나뭇가지처럼 등뼈가 구부정해지던
그 겨울 어느 날을 생각한다
　그녀의 숨소리가 느릅나무 껍질처럼 점점 거칠어진다
　나는 그녀가 죽음 바깥의 세상을 이제 볼 수 없다는 것을
안다
　한쪽 눈이 다른 쪽 눈으로 캄캄하게 쏠려버렸다는 것을 안다
　나는 다만 좌우를 흔들며 헤엄쳐 가 그녀의 물 속에 나란히

눕는다

　산소호흡기로 들이마신 물을 마른 내 몸 위에 그녀가 가만히 적셔준다

살구꽃은 어느새 푸른 살구 열매를 맺고

외떨어져 살아도 좋을 일
마루에 앉아 신록에 막 비 듣는 것 보네
신록에 빗방울이 비치네
내 눈에 녹두 같은 비
살구꽃은 어느새 푸른 살구 열매를 맺고
나는 오글오글 떼 지어 놀다 돌아온
아이의 손톱을 깎네
모시조개가 모래를 뱉어 놓은 것 같은 손톱을 깎네
감물들 듯 번져온 것을 보아도 좋을 일
햇솜 같았던 아이가 예처럼 손이 굵어지는 동안
마치 큰 징이 한 번 그러나 오래 울렸다고나 할까
내가 만질 수 없었던 것들
앞으로도 내가 만질 수 없을 것들
살구꽃은 어느새 푸른 살구 열매를 맺고
이 사이
이 사이를 오로지 무엇이라 부를 수 있을까
시간의 혀끝에서
뭉긋이 느껴지는 슬프도록 이상한 이 맛을

바닥

가을에는 바닥이 잘 보인다
그대를 사랑했으나 다 옛일이 되었다
나는 홀로 의자에 앉아
산 밑 뒤뜰에 가랑잎 지는 걸 보고 있다
우수수 떨어지는 가랑잎
바람이 있고 나는 눈을 감는다
떨어지는 가랑잎이
아직 매달린 가랑잎에게
그대가 나에게
몸이 몸을 만질 때
숨결이 숨결을 스칠 때
스쳐서 비로소 생겨나는 소리
그대가 나를 받아주었듯
누군가 받아주어서 생겨나는 소리
가랑잎이 지는데
땅바닥이 받아주는 굵은 빗소리 같다
후두둑 후두둑 듣는 빗소리가
공중에 무수히 생겨난다
저 소리를 사랑한 적이 있다
그러나 다 옛일이 되었다
가을에는 공중에도 바닥이 있다

떼

송사리들이
송글송글 떼 지어 헤엄치고 있다
우루루 몰려다니는데
바람이 일지도 않는다
축축한 그림자를 끌고 다니고 있다
그림자들은
우수수 빗방울처럼 떨어져
열 지은 기차를 닮았다가
열여덟 량 장대열차가 되었다가
대통처럼 직선으로 내뻗었다가
등뼈가 휜 곡선이었다가
주먹밥처럼
돌 밑
한군데 모여들기도 한다
송사리들이 떼를 지어 다니고 있다
일상日常으로
이곳에서 저곳으로
이 역驛에서 저 역驛으로
봇짐장사치들처럼
사무원들처럼
주점에 모인 사람들처럼

가난한 가족의 저녁 밥상처럼
수많은 눈알들이 몰려다니고 있다

빈집의 약속

마음은 빈집 같아서 어떤 때는 독사가 살고 어떤 때는 청보리밭 너른 들이 살았다

별이 보고 싶은 날에는 개심사 심검당 볕 내리는 고운 마루가 들어와 살기도 하였다

어느 날에는 늦눈보라가 몰아쳐 마음이 서럽기도 하였다

겨울밤이 방 한켠에 묵은 메주를 매달아 두듯 마음에 봄 가을 없이 풍경들이 들어와 살았다

그러나 하릴없이 전나무 숲이 들어와 머무르는 때가 나에게는 행복하였다

수십 년 혹은 백 년 전부터 살아온 나무들, 천둥처럼 하늘로 솟아오른 나무들

뭉긋이 앉은 그 나무들의 울울창창한 고요를 나는 미륵들의 미소라 불렀다

한 걸음의 말도 내놓지 않고 오롯하게 큰 침묵인 그 미륵들이 잔혹한 말들의 세월을 견디게 하였다

그러나 전나무 숲이 들어앉았다 나가면 그뿐, 마음은 늘 빈집이어서

마음 안의 그 둥그런 고요가 다른 것으로 메꾸어졌다

대나무가 열매를 맺지 않듯 마음이란 그냥 풍경을 들어앉히는 착한 사진사 같은 것

그것이 빈집의 약속 같은 것이었다

밤과 고둥

밤하늘 별들이 떼처럼 많다

고둥들이 푸른 바닥을 움직이어 간다

물이 출렁인다는 뜻일까

딱딱한 등짝이 말랐다 젖었다 한다

민물처럼 선한 꿈을 꾸는 깊은 밤

고둥들이 다닥다닥 돌에 올라선다

이재무
물 속의 돌 외

1958년 충남 부여 출생
한남대 국문과 및 동국대 대학원 졸업
1983년 《삶의문학》으로 등단
시집 《섣달그믐》《온다던 사람 오지 않고》《벌초》
《몸에 피는 꽃》《시간의 그물》《위대한 식사》 등
난고문학상 수상

물 속의 돌

둥글둥글한 돌 하나 꺼내 들여다본다
물 속에서는 단색이더니 햇빛에 비추어보니
여러 빛 온몸에 두르고 있다
이리 보고 저리 보아도
둥글납작한 것이 두루두루 원만한 인상이다
젊은 날 나는 이웃의 선의,
반짝이는 것들을 믿지 않았으며
모난 상相에 정이 더 가서 애착을 부리곤 했다
처음부터 둥근 상像이 어디 흔턴가
각진 성정 다스려오는 동안
그가 울었을 어둠 속 눈물 헤아려본다
돌 안에는 우리가 모르는 물의 깊이가 새겨져 있을 것이다
얼마나 많은 물이 그를 다녀갔을 것인가
단단한 돌은 물이 만든 것이다
돌을 만나 물이 소리를 내고
물을 만나 돌은 제 설움을 크게 울었을 것이다
단호하나 구족한 돌 물 속에 도로 내려놓으며
신발 끈을 고쳐 맨다

신발을 잃다

소음 자욱한 술집에서 먹고 마시고 웃고 떠들고
한참을 즐기다 나오는데 신발이 없다
눈 까뒤집고 찾아도 도망간 신발 돌아오지 않는다
돈 들여 장만한 새 신 아직 길도 들이지 않았는데
감쪽같이 모습 감춘 것이다 타는 장작불처럼
혈색 좋은 주인 넉살 좋게 허허허 웃으며 건네는
누군가 버리고 간 다 해진 것 대충 걸쳐
문밖 나서려는데 기다리고 있었다는 듯 찬바람,
그러잖아도 흥분으로 얼얼해진 뺨
사정없이 갈겨버린다 얼굴도 이름도 모르는
구멍 난 양심에 있는 악담 없는 저주 퍼부어대도
맺혔던 분 쉬이 풀리지 않는데
어느 만큼 걷다보니 문수 맞아 만만한 신
거짓말처럼 발에 가볍다
투덜대는 마음 읽어내고는 발이 시키는 대로
다소곳한 게 여간 신통방통하지가 않다
그래 생각을 고치자
본래부터 내 것 어디 있으며 네 것이라고 영원할까
잠시 빌려 쓰다가 제자리에 놓고 가는 것
우리네 짧고 설운 일생인 것을.
새 신 신고 갔으니 구린 곳 밟지 말고

새 마음으로 새 길 걸어 정직하게 이력 쌓기 바란다
나는 갑자기 새로워진 헌 신발로, 스스로의 언약을
때마침 내리기 시작한 새 눈
인주 삼아 도장 꾹꾹 내려찍으며
영하의 날씨 대취했으나 반듯하게 걸어 집으로 간다

강가에서

아내와의 잠자리는 근친상간이라며 한 친구가 웃었다
모두는 고개를 주억거리며 의미심장하게 따라 웃었다
아파트 정문을 나서면 아내도 나의 여자는 아니며
요즘 아내들은 저녁 안 먹고 일찍 귀가하는 남편들을
가장 능멸한다는 말에 일행은 박장대소하였다
여름의 하루는 비닐처럼 질기고 길고 지루해서
우리는 부실해져 가는 중년을 보충하기 위해
가부시키해서 개 한 마리를 잡았다
가마솥에서 천대와 굴종과 구박의 한살이를 마친 잡종개가
시펄시펄 끓는 동안 앉아서 하는 것 중 제일 재미있다는
화투 패를 돌렸다 오래 끓인 육개장처럼 걸고 진한 음담패설
한 순배가 돌자 투자한 돈에 비례하지 않는 아이의
성적에게 습관성 짜증을 내고 정치인 몇 도마에 올려놓고
토막 치고 오장을 파 모랫바닥에 처박아 놓았다 실직한
친구에게는 간 맞지 않아 싱거운 위로 몇 마디를 건넸고
누군가 나이 드니 김치도 갓 담근 게 맛있다며
예의 영계론을 펼치자 술이 올라 더욱 벌게진 눈으로
주위를 두리번거렸다 비록 한때일망정 그린벨트의 생을
살았던 우리 젊음은 속절없이 기울고 이제 썰물 뒤의,
콜라 캔이나 플라스틱 등속 어지럽게 널려 있는
개펄 같은 서로의 상처 들여다보며 쓸쓸히 웃었다

오후 들어 나무의 그림자는 급속도로 짧아지고 있었다
허리띠 느슨하게 풀고 강변에 서서 한쪽 다리를 든 채
함부로 오줌 갈기고 다 익힌 개고기를 뜯으며
기름 묻은 손 아랫도리에 문질러댔다
늦은 밤 고성방가하며 돌아오는 길 우리는 버려진 개가 되어
어둠 발기발기 찢으며 스스로를 향해 컹컹컹 짖고 싶었다

냇가에서

입 꽉 다물고 있던 저수지 수문 열자
갑갑증 일어 겨우내 발 동동 구르던 물방울,
그 개구쟁이 녀석들
파란 머리통 내밀어 와와,
고함치며 앞 다투어 쏜살같이 달려나간다
그러자 건천乾川의 돌멩이들 갑자기 분주해진다
아아, 놈들이 온다
오는 물 먼저 받으려고 들썩들썩
마구 들떠서는 까치발로 삐죽삐죽
누렇게 뜬, 생김새 저마다 천차만별인
얼굴 내밀어 오는 녀석들
오랜 가뭄과 먼지의 시간을 견딘
냇가는 모처럼 활기가 돈다
운동회날 펄럭이는 만국기처럼 우쭐,
깝죽대며 인근의 풀들 춤을 추고
포동포동 살 오른 냇가 장날의 국밥집처럼
가벼운 흥분과 소란으로 분주하다

독거수

백여 평 그늘 드리우고 홀로 천 년을 살아온 고목
그러나 그는 여전히 형형한 눈빛 청년으로 늠름하다
크고 작은 병치레 그리고 해서
피해 갈 수만 있었겠는가 굵고 단단한 근육 속에는
시간이 남긴 영욕 여러 겹의 빛깔과 무늬로 남아 있다
천 년은 역사다
그가 살아온 생의 반의반 또, 그 반의반에도
훨씬 못 미치는 생을 살다가면서
우리가 지르는 비명과 엄살 너무 유난한 것은 아닌가
사람의 생으로부터 먼 영원이라든지 사랑
추상 아닌 바로 이곳 삶의 구체적 실재일 수도 있다는 것을
그는 해마다 가지의 맨살 뚫고 나오는 신생과
열애가 빚은 둥근 열매로 말하고 있다
깊은 그늘 지날 때 파고드는 한기寒氣는 분명 다른 뜻이
있을 것이다 신산을 살며 쓴
서권의 향 그렇게 독하게 내뿜는 것인지도 모를 일이다

과수원

가지마다 주렁주렁 열려 마음의 뜰 밝히는
저 많은 시월의 등불은 누가 다 켜놓은 것일까요
붉게 달아오른 둥근 얼굴들
자부로 가득한 표정입니다 단맛 가득 품고 있다가
누군가의 입 크게 웃게 만드는, 저 달디단 사랑이
다짐과 의지만으로 가능한 것일까요
스스로 온전히 익는 것은 아무것도 없습니다
저 환한, 잘생긴 웃음은 그러므로
나무의 고된 노동이 지어낸 것 아닙니다
한여름 자지러지게 울며 서럽던 벌레,
연한 꽃 살 파고들던 맑은 날의 별빛,
지붕의 기왓장 녹이고 건천의 자갈 구워 먹고는
언덕 오르며 땀 뻘뻘 흘리던 염천의 햇살과
걸핏하면 가지와 잎에 와서 희롱하던 바람과
비온 뒤에야 붐비던 냇물 등속 아닙니다
일등품으로 통통하게 볼 살朮 오르게 한 것
과수와 더불어 살며 한숨 깊던
농어민 후계자 김씨金氏의 걸쭉한 땀방울이 아닙니다
저 혼자서 스스로 온전히 깊은 생은 아무도 없습니다
우리 사람도 시월이면 더러 마음의 심지에 불 밝히고
사립 나서 하늘과 땅과 산과 먼 들녘 그윽하게

바라볼 줄 알아야 하겠습니다 공연히 숙연해져서
무엇이고 눈 닿는 것에 합장 올려야 하겠습니다
저 잘 익은 둥근 지혜 헤아려
다녀갔거나, 함께 걷거나, 다가올 인연에게
부디 옷깃 여며야 할 것입니다

해산解産

늦은 밤 산 속 임자 없는 밤나무들
다 익어 영근 밤알 내기하듯
연달아 토해 놓느라 날 새는 줄 모른다
도토리나무도 덩달아 바빠져서 바람을 핑계로
몸 흔들어댄다 아람 벌어져 떨어지는 다 여문
열매들 이마 때릴 때마다 산은 끙, 하고
돌아눕는다 설핏 잠든 다람쥐
두리번거리다 곧 알아차리고는 귀 한껏
열어젖혀 떨어지는 숫자 세다 지쳐 다시 잠든다
저 멀리 인간의 마을은 불 꺼진 지 오래
신혼 방 엿보고 오는 길인지 얼굴 불콰한 달빛
숨 가쁜 소리 환한 숲 속
나무들 몰래 일어나 바심하느라 여념이 없다
내일 다산多産 마친 나무들 눈빛 더욱 맑고
몰라보게 몸은 수척해 있으리라

조용미

흙 속의 잠 외

1962년 경북 고령 출생
서울예대 문창과 졸업
1990년 《한길문학》으로 등단
시집 《불안은 영혼을 잠식한다》《일만 마리 물고기가 산山을 날아오르다》
《삼베옷을 입은 자화상》 등
김달진문학상 수상

흙 속의 잠

붉은 흙방에서 며칠 잠을 자려 한다
온돌 위에 흙을 바르고 다듬고 말리고 또 흙을 바르기를 여러 번,
그 위에 얇게 콩기름을 칠한 다음
다시 여러 날 마르기를 기다려서 완성했다는 흙방

그 방에서 오래 이루지 못한 동그란 잠을 자려 한다
종이 한 장 깔지 않은 흙바닥을 이토록 매끈하게 만든 사람은
어떤 연장보다 빛나는 손을 가졌을 것이다
나는 자꾸 흙바닥을 만져본다

아무것도 잡히지 않는, 종이 한 장의 두께도 허락할 수 없는 결곡함을
정신의 가파름으로만 받아들일 수는 없는 일이어서
거죽이 없는 것이 불편함은 아니냐고 물어보는 어리석은 짓을 하느라 몸을 오래 뒤척인다

부드러운 흙은 단단한 바닥이 되어 나를 기다린다
몸을 누이니 따스하고 붉은 흙 기운이 등줄기를 타고 올라와
빈틈없이 몸을 받쳐준다

단단한 속은 또한 겉이기도 한 것을,

나는 거죽이나 껍질이 어디 있느냐는 두꺼운 장판 같은 물음 한 장 걷어버리고

흙 속을 파고드는 뿌리같이 희고 깊은 잠을 오래도록 자려 한다

구름 저편에

현산면 백포리, 여기까지 왔다 윤두서 고택 용마루에 기러기 한 마리 오래 앉아 있다 기러기는 움직이지 않는 기러기다 움직이지 않음으로 자기 존재를 드러내는 저 방식이 불편하다

망부산이 멀리 바라보이는 이곳 바다 내음이 인다 오갈피나무 검은 열매를 혓바닥에 물이 들도록 따 먹었다 모래가 살결보다 고운 송평에서, 꽃이 지나간 자리 같은 작은 새 발자국 따라 멀리 가본다 막다른 길에 바다가 서 있다

당두리 갈대숲이나 연구리 살구나무 한 그루 노하리의 가지 부러진 노송이 새겨져 있는 내 몸은 티벳 사자의 서처럼 단번에 읽을 수는 없는 책과 같아서 다만 어란, 가학리, 금쇄동 하고 낮게 불러보는 지명들 다 끌어안고 다니며 길을 앓는다

나를 뚫고 지나가는 풍경들이 또 나를 앓고 있는 길 위, 몸에 미열이 인다 어불도 앞 책바위에 와 나는 내 안의 길을 다 쏟아놓는다 풍경들은 나를 잘 읽지 못한다

자미원 간다

내가 이 세상에 살아 있다는 것,
오늘 하루 이 시간 속에 놓여 있다는 것은
저 바위가 서 있는 것과 나무 의자가 놓여 있는 것과
무엇이 다를까

나를 태운 기차는 청령포 영월 탄부 연하 예미를 지나
자미원으로 간다
그 큰 별에 다다라서도 성에 차지 않는지
무한의 너머를 향해 증산 사북 고한 추전으로 또 달린다
명왕성 너머에까지 가려 한다

검은 탄광 지대에 펼쳐진 하늘,
태백선을 타면 원상결 같은 작자와 시대 미상의 천문서를
탐하지 않아도
자미원紫薇垣에 닿을 수 있다
탄광 속에는 백일흔 개의 별이 깊숙이 묻혀 있을 것이다

그 별에 이르는 길은 송학 연당 청령포 영월 예미……

오늘 내가 이 자리에 있는 것,
북두칠성과 자미원의 운행을 짚어보는 것은

저 엄나무가 우뚝 서 있는 것과 새털구름이 지나는 것과
무엇이 다른 것일까

어둠의 집의 기록

그들이 해를 쫓아 동쪽으로 달려갈 때 나는
측백처럼
서쪽을 향해 걸어갔다

서편은 달이 기우는 곳
붉은 해가 현의 가장 낮은 음으로 스러지는 곳
별들이 고단한 몸을 누이는 곳

그들이 따뜻한 남쪽 바다로 향할 때,
해와 달과 구름과 바람의 고향인 카일라스 산 근처에서
내 영혼은 한철 헤매었지

파도가 높아 다다를 수 없다는
새와 짐승의 빛깔이 모두 희다는
불사의 영약이 있다는
봉래산은 그러나 꿈꾸지 않았네

서쪽을 향해 자라는 측백처럼
봉오리가 북쪽을 향해 솟아오르는 목련처럼
서쪽으로, 북쪽으로
어둠 쪽으로

밤마다 일어나 어둠을 포식했지
주좌등을 밝히고 앉아
밤이면
오래도록 책을 읽었지

도롱뇽 수를 놓다

지율知律, 계율을 안다
거짓되고 그릇되게 행함을 막는 율법을 안다는 이 말,
참으로 무서운 말 아닌가
내가 아는 한 비구니의 법명이 지율이다

천 명의 성인이 나온, 천 가지 연꽃이 핀 것 같은
천성산千聖山
아래 내원사에서 조용히 수도하며 지내던
눈매가 그윽하고 맑고 단단한 사람

그가 깊은 산 속 깨끗하고 차가운 물에만 산다는,
사람의 손이 닿지 않는 곳에서만 산다는 꼬리치레도롱뇽을
살리려고
생명을 내놓았다

형상이 있거나 없는 모든 것을 화엄이라 한다는데
산정에 펼쳐진 늦가을 화엄벌은 흰 눈이 덮인 듯 억새의 물
결로 장엄해
관통 터널 공사도 도롱뇽 소송도 다 잊고 사람들 탄성을 지
른다

이 화엄벌의 늪에 지율의 친구 도롱뇽이 산다
갈색 등에 노란 점무늬가 별처럼 펼쳐져 있는 새끼손가락보
다 작은
꼬리치레도롱뇽은 겨울잠에 들었나

화엄늪의 화엄세계가 바로 너의 우주인데
팔색조야 황조롱이야 청딱따구리야 삼광조야
천성산은 천성산만의 근심이 아닌 것을 이제야 알겠구나

지율知律, 어둑해져 가는 부산 시청 앞에 앉아 곡기를 끊고
도롱뇽 수를 놓고 있다
한 땀 한 땀의 바느질로 뭇 생명을 살리려 하고 있다

숨구멍

언 못에 싸락눈이 덮인다
못에 숨구멍이 나 있다
태어난 지 얼마 되지 않은 아기의 정수리에 뚫려 있는
얇은 창호지 같은 숫구멍처럼

모든 살아 있는 것들은 숨구멍을 가지고 있다

바람이며 땅기운이 드나들기도 하고
영혼이 숨을 내뱉기도 하는
그 구멍은
얇은 막으로 덮여 있다

얼음이 덮이니
나무 그늘 아래로 물이 파랗던 여름보다
물은 더 살아
쌔근거린다

아무리 두꺼운 얼음도 물을 다 덮어버릴 수는 없다
눈 덮인 못에 검은 숨구멍이
여럿 나 있다
물이 숨을 내뿜는 곳이다

어떤 숨구멍은 장수하늘소를 닮았고
어떤 것은 거미줄을 치고 있는 거미를 닮아 있고
저 숨구멍은
원생동물인 아메바를 닮아 있다

못이 숨을 쉰다
못은 답답한지 우묵하고 검은 숨구멍을
가끔 들썩이고 있다

얼음을 지치는 아이들이 어쩌다 숨구멍으로
빨려 들어가는 일이 있다
그럴 때 숨구멍은
가장 큰 숨을 쉰다

바람의 행로

폭풍이 지나가고 있다
바람을 못 이기고 쓰러져 누운 나무들
사이에 우두커니 서 있다

나무들이 증명하는 바람의 행로,
심지가 곧은 것들은
저렇게 생生을 다해 단 한 번
꺾어지는 것

사원을 뒤덮어 폐허를 구축한 케이폭 나무는
폐허의 뒤에도 살아남으려는 욕망으로
뿌리의 긴 발톱을
사원의 지붕 위에 박아 넣고 있었다

탑을 움켜쥐고 있는 나무의 욕망이
사원을 지탱한다

깨어진 돌에 새겨진 범어처럼
문 하나하나마다 또 다른 세상이 나타나는
새로운 폐허인,
어느 먼 유적지에서처럼 나는 중얼거린다

삶의 미망에서 깨어나기 위해서는
반드시 팔만의 장경과 일천칠백의 선의 공안이
필요한 것은 아니리라

폭풍이 지나갔다
부러진 나뭇가지의 잎들이 말라가고 있다
바스락바스락 숲 속에서
염소들이 먹을 것을 찾아다니고 있다

김남조 모색과 사유의 깊이, 기타

― 생의 의미를 탐색한 깊은 사유와 철학성이 승한 작품

송수권 우울한 방랑자의 고독

― 정직성과 직정성을 견지해 온 자기 성찰과 독백의 언어

오세영 '운명' 혹은 '시간'이 보여주는 인간 실존의 허무

― 내면화된 인생론적 진실과 철학적 사유의 깊이

권영민 시인 박주택과 시적 정서의 진폭

― 시적 주제에 균형을 부여한 지적 통찰력과 상상력의 진폭

최동호 어둠의 동공을 응시하는 환멸의 눈

― 현대적 감각으로 계승한 소월시의 전통과 문학적 의의

조정권 기술手보다는 혼魂으로 쓴 시를

― 체화된 시어를 통해 발산된 탁월한 시적 에너지

김성곤 기교와 감동이 조화된 시가 되어야

― 강렬한 이미지와 고도의 자의식이 빚어낸 복합적 '현대성'

모색과 사유의 깊이, 기타

박주택 시인은 그 사유가 깊고 생의 의미를 탐색하는 철학성이 승한 좋은 작품을 보여주었으며, 연조에 따른 무게 등의 장점도 함께 인정되어 결국 수위를 차지하였다.

김남조(시인 · 숙명여대 국문과 명예교수)

소월시문학상의 위상은 견고하고 분명한 것이 되어간다. 그리고 20회라는 긴 과정 동안 엄격하고 치밀하게 심사 자료를 관리 · 제공해 준 점에서도 감사와 감탄을 금할 수 없다. 올해도 몇 단계의 수고를 거친 수백 편의 자료 뭉치를 받고 나름으로 성의 있게 정독하였다.

예심에서 넘어온 시인은 처음에 십수 명에 달했고, 이를 압축하여 수상자로 뽑힌 박주택 시인 외에 문태준 · 이재무 · 김완하 · 김선우 · 권혁웅 · 조용미 시인 등을 남긴 본격 심사에 들어갔다. 각기 자신의 시세계를 보여주면서 최선을 다한 성과물로 인정되었으나, 이중에서 다시 간추려 박주택 · 문태준 시인을 남겨 논의한 끝에, 박주택 시인에게 올해의 영예를 주기로 최종 합의하였다.

문태준 시인은 유연성 있는 서정을 기조에 두면서 참신함과 치열함, 세련미를 곁들인 우수작으로 평가되었으나, 다음 언젠가의 기회로 넘어가게 되었다.

박주택 시인은 그 사유가 깊고 생의 의미를 탐색하는 철학성이 승한 좋은 작품을 보여주었으며, 연조에 따른 무게 등의 장점도 함께 인정되어 결국 수위를 차지하였다.

이재무 시인의 어른스러운 시선과 서정의 따스함, 김선우 시인의 발랄함과 총기가 돋보였는가 하면, 김완하 시인의 명징성과 안정감, 그리고 권혁웅 시인의 민감한 촉수와 탄력이 좋았으며, 조용미 시인의 아직은 좀 더듬거리면서 보행하는 듯한 시적 풍모와 신선함이 각기 손꼽을 만했다.

올해 세 번째로 시상되는 특별상에 있어서도 우열을 논하기 어려운 좋은 시인들의 작품이 심사 서탁에 올라왔고, 진지한 논의가 장시간 진행된 다음, 올해의 수상자로 유안진 시인이 결정되는 합의를 이끌어냈다.

유안진 교수는 문학이 아닌 타 전공의 학문을 평생 동안 닦아오면서 다른 시인들보다 더욱 시 공부에 심혈을 기울여 시인으로서 가진 오늘날의 위치를 구축했고, 지난해의 작품이 질량간에 충실하였기에 무리 없이 이 기쁨을 차지했다.

지난해에 훌륭한 작품을 발표한 한국의 모든 시인의 그 성과를 경하하며, 통틀어 한국시의 향상을 축원한다.

우울한 방랑자의 고독

박주택 시인의 시는 우울한 방랑객으로서의 자기 성찰과 독백이 다른
시인들과 차별화된다. 천박한 지적 반응의 언어가 아니라 정서 언어라는
점에서, 그의 시는 정직성과 직정성을 지금까지 유지해 왔다.

송수권(시인 · 순천대 문창과 교수)

나그네는 길에서도 쉬지 않는다고 했던가. 박주택 시인의
시는 우울한 방랑객으로서의 자기 성찰과 독백이 다른 시인들
과 차별화된다는 점에서 다르다. 이미지를 발견하기 위하여
괴기스런 눈을 번뜩이며 그 괴기스런 이미지 묘사들의 산문성
이 난무하는 판에, 카프카의 성을 쌓고 고독과 우울의 정서로
그의 시는 성큼 다가선다. 시가 천박한 지적 반응의 언어가 아
니라 정서 반응의 언어라는 점에서, 그의 시는 정직성과 직정
성을 지금까지 유지해 온 것 같다.

다시 말하면 객관화된 정서가 아니라 직정적인 언술이 가슴
에 와 닿는데, 〈독신자들〉에서도 이 우울과 방황의 정서는 유
감없이 발휘되고 있다. 감탄만 있고 감동이 없는 이 시대의 시
쓰기 방식에서 탈피하여, 그는 정면 돌파하려는 고급스러운
시인으로 남기를 꿈꾸고 있는 듯하다. 따라서 소월의 직정적

인 정서와 가락에도 가장 근접해 있다. 이 정서와 가락으로 쉬지 않고 가기 바란다. 고전화된 작품들은 대개 이 범주 안에 있기 때문이다.

　문태준 시인의 주목받는 시편들에서도 나대로의 의견은, 이미지 과용(〈떼〉에서는 무려 11개의 유사한 이미지가 나열된다)의 시보다는 언어가 그늘을 치는 〈살구꽃은 어느새 푸른 살구 열매를 맺고〉 같은 작품이 심미적 쾌감을 던지는 감동으로 남는다. 권혁웅 시인의 작품들도 많은 토의가 있었으나 아쉬움이 남았다. 이재무 시인의 '단순소박한 푸른 고집성', 김완하 시인의 '허공 탐색', 조용미 시인의 '여행' 시편들도 참신성이 있었다. 특별상에선 연치에도 불구하고 끊임없이 창작에 매진하며 그 작품성 또한 탁월하다는 점에서 유안진 시인에게 주목을 요하였다. 수상을 축하하며, 모든 분들의 정진을 바란다.

'운명' 혹은 '시간'이 보여주는 인간 실존의 허무

무엇보다도 박주택 시인의 문학적 성취를 보증해 주는 것으로 그의 철학적 사유를 지적할 수 있다. 그의 시는 모두 명상하는 자의 인생론적 진실이 내면화되어 있으며, 그 의미의 세계가 궁극적으로 철학과 맞닿아 있다.

오세영(시인 · 서울대 국문과 교수)

예심을 거쳐서 올라온 작품들 가운데서 박주택 시인의 〈시간의 동공〉·〈독신자들〉 등을 당선작으로 뽑는다. 탈락한 작품들 역시 당선권 안에 들 만하였다는 것이 본 위원의 생각이지만, 그럼에도 불구하고 굳이 그중에서 박주택 시인의 작품들을 선택한 이유는 다음과 같다.

첫째 묘사력이 탁월하였다. 그것은 시적 인식 대상에 대한 순간적인 느낌에 관한 것이든, 시인 내면에서 용솟음치는 감정적 진실에 관한 것이든 모두가 그러하였다. 뿐만 아니라 그 묘사는 적절한 수준의 이미지와 은유의 도움을 얻어 매우 감각적인 형상미를 조탁해 보여주고 있다. 이는 일반적으로 우리 시단에 유행하고 있는 관념적 독백, 혹은 사적 사변과 같은 것과는 격이 다르다. 그의 묘사는 또한 화려하면서도 들떠 있거나 과장되어 있지 않다. 뜨거움 속에서의 냉철함, 파격 속에서의 정돈과 같은 미학적 균형미를 잘 지키고 있다.

둘째 상상력이 복합적이고 풍부하였다. 그러나 그 풍부함은 결코 산만하거나 혼란스럽지 않다. 시인이 언급하고자 하는 내적 진실에 의해서 효과적으로 통제되어 있기 때문이다. 이 잡다함 속의 단아함, 풍요로움 속의 단순함이 이 시의 긴장미를 극적으로 끌어가고 있는 것이다. 그의 시가 표현에 있어서 일견 아슬아슬해 보이면서도 우리에게 결국 안도감으로 다가오는 이유가 여기에 있다. 그것은 마치 훌륭한 산문 문학에서 우리가 흔히 발견해 내는 일종의 '서스펜스'와 유사한 기법이다.

셋째 언어 운용에 있어 중용의 도를 보여주고 있다. 그것은 지나치게 간결하지도, 불필요하게 장황하지도 않다는 것을 의미한다. 말하자면 언어의 경제성을 나름대로 지키고 있는 것이다. 비록 수사적 어휘가 많이 동원되어 시행의 길이가 다소 길다는 느낌을 주나, 그것은 곧 극적인 이미지의 제시와 흔들리지 않는 상상력의 논리에 의해 효과적으로 극복되고 있다.

넷째 그 무엇보다도 이 시의 문학적 성취를 보증해 주는 것으로 그의 철학적 사유를 지적할 수 있다. 그의 시는 모두 명상하는 자의 인생론적 진실이 내면화되어 있다. 문학이 회화나 음악과 달리 언어를 매개로 한 기호 예술(관념 예술)이라 할진대, 그 필연적 조건의 하나가 의미의 세계이며, 또 그 의미의 세계가 궁극적으로 철학과 맞닿아 있다는 것은 두말할 필요가 없다. 박주택 시인의 이 철학적 내면 공간이 이 시에서 그려 보여주는 바 '운명' 혹은 '시간'이라는 상징에 의해서 제시되고 있는 인간 실존의 허무라는 것은 별도의 지면을 통해 심도 있게 분석되어야 할 것이다.

시인 박주택과 시적 정서의 진폭

박주택 시인의 작품들은 사물의 존재를 그 심연에서 느낄 수 있는 침잠
의 상태로 그려낸다. 어떤 경우에는 지나치다 싶게 정적인 느낌을 주기
도 하지만, 상상력의 진폭이 이 같은 약점을 쉽게 극복한다.

권영민(문학평론가 · 서울대 국문과 교수)

올해 소월시문학상 심사 과정에서 최종심에 오른 후보작들
은 모두 자기 개성의 목소리를 자랑하고 있는 시인들의 작품
이라는 점이 특징이다. 이들 가운데 내가 특히 주목했던 것은
〈벌레시社詩社〉 등을 발표한 문태준 시인, 〈시간의 동공〉·〈독
신자들〉 등을 발표한 박주택 시인 등이다. 두 시인이 모두 15
년 내외의 문단 경력을 자랑하고 있는 데다가 최근에 특히 활
발한 창작 활동을 보여주면서 자기 세계를 분명하게 드러내기
시작하였다는 점이 두드러진다.

문태준 시인의 작품들은 소박하다. 여기서 소박하다는 말
은, 시적 정서의 영역보다 오히려 언어를 다루는 솜씨가 그러
하다는 말이다. 일상적인 언어 가운데도 번득이는 이미지를
만들어내는 솜씨에서 균형감각을 느낄 수가 있다. 이 시인의
작품에서 경험의 진실이라는 것이 상상력의 영역에서 매우 중

요한 요건이 되고 있음을 쉽게 확인할 수가 있다.

박주택 시인의 작품들을 올해의 소월시문학상 수상작으로 결정하면서, 어느 때보다 논의 과정이 길게 느껴졌던 것이 사실이다. 그러나 심사위원들 모두가 박주택 시인의 시력詩歷을 주목하였고, 그 개성을 높이 평가하였다는 점을 먼저 지적해 두고 싶다. 박주택 시인의 작품들은 사물의 존재를 그 심연에서 느낄 수 있는 침잠沈潛의 상태로 그려낸다. 어떤 경우에는 지나치다 싶게 정적靜的인 느낌을 주기도 하지만, 상상력의 진폭이 이 같은 약점을 쉽게 극복한다. 이 시인의 시들은 서정적인 것과 이지적인 것이 서로 교직되어 나타나고 있다는 점이 가장 중요한 특징이다. 서정의 세계에서 볼 수 있는 감정의 유로 대신에 날카로운 지적 통찰력이 시적 주제에 균형을 부여한다. 그러므로 박주택 시인의 시에는 자연스럽게 현실 사회가 시적 정서에 녹아들고 역사가 시적 개성의 일부로 자리 잡는다. 결코 목소리를 크게 내지 않으면서도 내면 깊숙이 그 울림을 간직할 수 있도록 하는 것이 박주택 시인의 시의 소리이다. 이것이 또한 가장 주목받을 수 있는 특징이라고 할 수 있을 것이다.

소월시문학상 특별상 수상작으로 유안진 시인의 작품을 선정한 것은 최근작에서 볼 수 있는 새로운 시적 세계에 대한 천착을 높이 평가하기 위해서이다. 수십 년을 두고 지켜온 자기 세계에 안주하지 않고 사물의 인식에 보다 본질적으로 접근하기 위해 언어와 씨름하고 있는 시인의 노력이 소중한 결실을 이룰 수 있길 빈다.

어둠의 동공을 응시하는 환멸의 눈

> 박주택 시인의 시는 우리 서정시에서 익숙하지 않은 부분이라고 할 수 있는 허무주의적 자의식을, 환멸의 언어를 통해 독특한 시적 성취로 보여주었다.

최동호(시인 · 고려대 국문과 교수)

소월시문학상 심사 대상자는 모두 일곱 분이었는데, 심사위원들의 논의를 거쳐 대상 수상자는 박주택 · 문태준 시인으로 압축되었고, 이들의 작품에 대한 오랜 토론과 논의를 거친 다음 치열한 경합 끝에 박주택 시인으로 결정되었다.

처음부터 나는 이들 중 누구라도 대상 수상자가 되어도 좋다고 생각하였지만, 이들이 지닌 각각의 특성이 심사위원들로 하여금 오랜 토론을 갖도록 만들었다.

문태준 시인의 경우 고른 작품 수준과 더불어 대상을 그려내는 관찰력이 뛰어난 작품을 보여주었음에도 불구하고, 파격적 신선미가 미흡하다는 점이 지적되었다.

박주택 시인의 시는 우리 서정시에서 익숙하지 않은 부분이라고 할 수 있는 허무주의적 자의식을, 환멸의 언어를 통해 독특한 시적 성취로 보여주었다는 점에서 심사위원들의 주목을 받기에 충분한 것이었다. 고통을 관찰하는 그의 시선은 다른 시인들처럼 허무주의를 관조와 달관으로 이끌어가는 상투적인 행보를 걷는 것이 아니라, 부정의 정신으로 꿰뚫어 시적 에너지를 얻고 있다는 점에서 독자적인 동력을 발휘하고 있다.

죽음의 시간으로부터 걸어나온 환멸이 가득한 세상에서 박주택 시인이 언제든지 배반할 수 있는 시간의 동공을 응시하고, '갈기털을 휘날리며 백사장을 뛰어가는 흰말 한 마리'를 통찰하였다는 것은, 그의 시적 사유가 환멸과 배반을 통해 새로운 시적 지평을 열었다는 점에서 박주택 시인의 소월시문학상 수상은 축하할 만한 일이라고 하지 않을 수 없다. 특히 그의 수상을 통해 소월시의 전통이 현대적 감각으로 변신하는 계기를 찾았다는 것은, 이번 소월시문학상 결정이 갖는 중요한 문학적 의미가 될 것이다.

우수상 수상자로서 이재무 시인의 활기찬 역동성, 김완하 시인의 정통적 어법, 조용미 시인의 치열한 탐구, 권혁웅 시인의 발랄한 재기, 김선우 시인의 독특한 시적 감성 등은 그들이 앞으로 한국의 시단을 끌어나갈 뛰어난 시인들임을 입증하고 있으며, 비평적 주목을 받아 마땅하다.

특별상 수상자로서 유안진 시인의 시들은 원숙성과 더불어 강렬한 열정을 뿜어낸다는 점에서 타의 추종을 불허한다. 〈입 없는 돌〉에서 돌의 고요가 아니라 돌의 왕성한 식욕을 보았던 그의 시적 통찰은 〈불을 마신다〉에서 무한량의 유전이 내장된 그의 가슴을 빌어 시적 에너지의 엄청난 힘을 폭발시킨다. 소돔과 고모라가 불타오르고 아수라장의 세상이 재건되지만 유안진 시인이 보았던 것은 '소금물 한 방울의 고요'이며 '고통이 황홀로 재탄생되는 순간의 갈증'이라고 할 것이다. 매장량 무한의 유전에서 유안진 시인이 깊은 시선으로 통찰한 고요와 갈증은 앞으로도 그의 시를 치열하게 추진시킬 시적 에너지가 될 것이며, 원숙해질수록 더욱더 젊은 생명력을 얻는 그의 시적 변신에 경의를 표하지 않을 수 없다.

기술手보다는 혼魂으로 쓴 시를

박주택 시인의 시에는 비극적 인식에 의한 명상과 고통의 무게가 담겨 있다. 상처와 결핍과 대면하고 있는 자의식 속에 갇힌 암울한 혼의 곡조를 현대적 감각을 통해 소생시키고 있다.

조정권(시인)

요즈음의 시를 두고 하는 말이겠지만 좋은 시를 쓰고 있는 사람들의 시에서도 놀랍게도 별다른 변화가 없어 보인다는 것이다. 내가 내 시를 천연덕스레 베끼고 있는 것이 아닐까 하는 질문을 나 자신에게 던져보아야 한다는 말도 거침없이 오간다. 우리가 서로의 시를 보며 내심 섬뜩 놀라는 것은 시가 학습된 감정의 어떤 집요한 써댐의 덧없는 반복이요, 과잉이 아닐까, 라는 것이다. 괜찮은 시들을 써내고 있는 시인들 역시, 시들을 한자리에 모아놓고 보면 별 차이가 없어 보이는 것이 요즘의 불만일까. 그만 써도 좋을 세계는 지나간 한 시대를 풍미하던 집단 개성 속에서도 나온 소리이다. 하지만 몰개성에서 한 걸음 더 나아가 이젠 자기가 자기 시를 안심하고 모방하는 시대, 자기 표절의 시대가 온 것일까. 시에 대한 덧없는 연명, 집착을 버릴 필요가 있다. 집착을 버리면 몸이 자유롭고,

조급증을 버리면 마음이 가볍다. 이번 소월시문학상 후보는 중견·중진들보다는 연륜이 비교적 짧은 등단 10년에서 20년 사이의 젊은 시인들의 자리였다. 중견·중진들은 무게감이 있지만 그 지나침 때문에, 어찌 보면 시단의 중심 이동이 30~40대로 옮겨져버렸다는 것을 알 수 있다. 지난 세월 소월시문학상의 역대 수상자 면면을 보더라도 수상 나이는 40대 초중반이 아닌가. 권혁웅·김선우·김완하·문태준·박주택·이재무·조용미 시인(이상 가나다순)과 그 외 몇몇 시인들을 대상으로 놓고 논의와 투표가 거듭되었다. 모두 지난 한 해 동안의 작품량이 만만치 않고, 그 수준 또한 안정되고 고른 연주를 듣듯 나무랄 데가 없다. 어차피 어느 관점에서 보아도 다이아몬드처럼 수십 개의 면각에서 모두 빛을 발하는 그런 시를 찾기란 쉬운 일이 아니다. 김선우·조용미 시인의 시들이 눈에 크게 띄었다. 여성 시의 진출이 두드러지는 가운데 김선우 시인은 작품 발표량이 적은 대로 매혹적이었다. 올해 가장 활발한 활동을 한 조용미 시인의 경우 오랜 각고의 시간들이 더 큰 수확을 얻으리라. 앞으로가 기대된다. 문태준·권혁웅·이재무·김완하 시인의 시들도 돋보였다. 그러나 이젠 일정한 상상력의 틀과 안목에 멈춰 있거나, 지나치게 안정적인 기술에 의존해 시적 긴장을 해치고 있고, 더 뻗어나가지 못하는 점이 아쉬웠고, 좀 더 시간을 두고 지켜볼 필요가 있었다.

선자가 비중을 둔 쪽은 시를 써내는 기술手보다는 혼魂이다. 박주택 시인의 시에는 비극적 인식에 의한 명상과 고통의 무게가 담겨 있다. 〈시간의 동공〉을 비롯한 〈독신자들〉·〈황혼의 원정園丁〉·〈굴〉과 같은 시편들에서 발견되는 것처럼 시적 언어는 처연한 상처와 삶의 결핍을 드러내는 내면에 갇혀진 어두운 심리적 전개 과정을 보여준다. 어둡고 추우며 황량한 '자신 안에 너무 많은 자신을 가둔' 자의 내면엔 삶의 무더운 말 하나 들어 있지 않으며 고통에 대한 감각과 허무주의를 주조로 한 환멸의 언어들이 체화體化된 시어를 통해 시적 에너지로 용해되어 있다. 그의 시적 시선이 대다수 시인들과 달리 자연에 대한 따스한 화해의 포즈나 관조와 달관을 철저히 거부하고 있는 점도 대별되는 시인의 개성이다. 끼리끼리에서 외따로 떨어져 제 안에 솟구치는 더러운 피를 어쩌지 못하는 자의 혼은 늦저녁보다 어둡다. 나는 상처와 결핍과 대면하고 있는 자의식 속에 갇힌 암울한 혼의 곡조曲調를 현대적 감각을 통해 소생시키려는 〈시간의 동공〉을 수상작으로 미는 데 주저하지 않았다.

3회째를 맞는 소월시문학상 특별상 수상작으로 유안진 시인의 〈불을 마신다〉로 정하는 데 이의가 있을 리 없다. 근간 시집 《다보탑을 줍다》에서 보여준 시적 열정에 경의를 표한다. 무엇보다도 이 시인의 큰 변화는 더욱 진솔 담백해진 체험 세계의 내적 뜨거움이다.

기교와 감동이 조화된 시가 되어야

박주택 시인의 시에는 잔잔하면서도 힘찬 리듬이, 차가운 접근과 뜨거운 정열이, 그리고 암울한 상황 인식과 거기에서 벗어나려는 처절한 몸부림이 동시에 공존하고 있다.

김성곤(문학평론가 · 서울대 영문과 교수)

금년도 수상 후보작들의 공통점은 기교는 뛰어나지만 가슴에 와 닿는 시적 감동이 부족하다는 점이었다. 시가 영혼을 울리는 시대는 지났다고, 이제는 파가니니의 음악처럼 기교가 중요한 시대가 되었다고 항변할 수도 있겠지만, 그래도 감동이 없는 기교는 공허한 메아리가 되기 쉽다.

그럼에도 이재무 시인의 〈물 속의 돌〉이나 〈강가에서〉는 기교와 감동을 둘 다 갖춘 시라고 생각되었다. 오랜 물살과의 접촉으로 비로소 둥글어진 돌에 대한 시인의 관조도 좋았고, 오늘날 왜소해진 남자들의 일상 풍경을 통해 삶의 본질을 성찰한 리드미컬한 시 〈강가에서〉도 감동적이었다. 조용미 시인의 〈흙 속의 잠〉 또한 능숙한 시어 구사와 부드러운 리듬, 그리고 흙과 인간 사이에 대한 사색이 돋보이는 수작이었다. 김완하 시인의 〈허공이 키우는 나무〉나 〈허공은 나무들의 집〉은 간결

한 시어와 깔끔한 이미지로 '허공'의 의미와 본질을 천착한 주목할 만한 시였으며, 권혁웅 시인의 〈고장 난 자전거〉는 뛰어난 이미지와 기계의 시적 형상화를 통해 세월의 무상함을 노래한 독특한 시였다. 또 김선우 시인의 〈돌에게는 귀가 많아〉도 '돌'과 '귀'라는 모티프를 통해 삶의 방식을 고찰한 특이한 시였다.

마지막까지 논의가 되었던 작품은 문태준·박주택 시인이었다. 문태준 시인의 〈가재미〉는 노련한 언어 구사와 뛰어난 이미지, 그리고 가슴 깊숙이 적셔오는 아픔과 감동이 느껴지는 좋은 시였다. 박주택 시인의 〈시간의 동공〉이나 〈독신자들〉은 다른 시인들의 시와는 사뭇 다른 참신한 기법과 독특한 감동으로 다가왔다. 박주택 시인의 시에는 잔잔하면서도 힘찬 리듬이, 차가운 접근과 뜨거운 정열이, 그리고 암울한 상황 인식과 거기에서 벗어나려는 처절한 몸부림이 동시에 공존하고 있다. 그의 시는 자의식 속의 상처를 과감히 드러내놓고 상처의 치유를 위한 다양한 접근을 시도하고 있으며, 아픔과 고통을 적나라하게 드러내놓고 부단히 그것들과 씨름하는 적극적인 모습을 보여주고 있다. 그러므로 박주택 시인의 시에서 중요한 것은 전통적인 한국시의 서정성이라기보다는, 강렬한 이미지와 고도의 자의식이 혼합되어 빚어내는 복합적인 '현대성'이다. 그의 투철한 작가 의식과 노련한 언어 구사, 그리고 시의 참신함을 높이 평가해 박주택 시인의 〈시간의 동공〉 외 13편을 제20회 소월시문학상 대상 수상작으로 선정한다.

소월시문학상 특별상 수상작으로는 유안진 시인의 〈불을 마신다〉 외 9편을 선정한다. 유안진 시인은 다양한 시각과 원숙한 시어로 삶을 성찰하고 관조하며, 인생의 폭과 깊이를 가늠하고 천착하는 시를 써왔다. 〈불을 마신다〉는 우리의 가슴속에서 타오르는 정화의 상징인 불의 이미지를 힘차고 리드미컬한 시어로 옮겨놓은 역동적인 시다. 물과 불, 그리고 타락과 정화의 모티프 속에서 시인은 다시 한 번 새로운 삶을 꿈꾼다. 특별상을 수상하는 유안진 시인에게 축하를 보낸다.

제20회 소월시문학상 작품집

초판 1쇄_ 2005년 4월 30일
초판 3쇄_ 2017년 9월 28일

지은이_ 박주택 외
펴낸이_ 임지현
펴낸곳_ (주)문학사상
주소_ 서울특별시 송파구 중대로38(05720)
등록_ 1973년 3월 21일 제1-137호

전화_ 02)3401-8540
팩스_ 02)3401-8541
홈페이지_ www.munsa.co.kr
이메일_ munsa@munsa.co.kr

ISBN 978-89-7012-686-9 03810